Landser in den Trümmern von Budapest

Wolfgang Wallenda

Landser in den Trümmern von Budapest

Winter 1944/45 – in der Schlacht um Budapest wird die 8. SS-Kavallerie-Division „Florian Geyer" vernichtet

Impressum:

©2013 Wolfgang Wallenda

Umschlaggestaltung, Herstellung und Verlag:
BoD - Books on Demand, Norderstedt

Titelbild:
Bundesarchiv, Signatur: Bild 146-1977-143-21, Foto: ohne Angaben
Häuserkampf - Soldaten mit Flammenwerfer und Maschinenpistole, 1939 – 1945

ISBN: 978-3-7322-6699-9

Man ist für das verantwortlich was man tut,
aber auch für das, was man nicht tut.

Im stillen Gedenken an alle Opfer dieser
schrecklichen Zeit.

Vorwort

Am 1. November 1944 erreichte das Gros der 8. SS-Kavallerie-Division „Florian Geyer" den äußeren östlichen Verteidigungsgürtel von Budapest. Mit dem nur zwei Tage später eingeleiteten sowjetischen Großangriff auf die ungarische Metropole begann eine der längsten und blutigsten Stadtbelagerungen des Zweiten Weltkriegs. Sie sollte 102 Tage andauern, und kostete mehr als 120.000 Menschen das Leben.

Adolf Hitler erklärte die Stadt per Führerbefehl zur Festung. Obwohl Budapest Weihnachten 1944 komplett eingekesselt und die Versorgung der deutsch-ungarischen Truppen mehr als desolat war, tobten in den Trümmern und Ruinen der sterbenden Stadt weiterhin erbitterte Kämpfe. Rotarmisten, deutsche Landser und ungarische Soldaten rangen erbarmungslos um jede Straße und jedes Haus.

Eine der kampfstärksten Einheiten im Budapester Kessel war die 8. SS-Kavallerie-Division „Florian Geyer". Sie war anfangs am äußeren Verteidigungsring im Osten der Stadt eingesetzt, wurde aber nach der Kesselbildung in den Westteil Budapests beordert.

Aufgrund der massiven feindlichen Übermacht, sowie des eklatanten Versorgungsengpasses, wagten die Eingeschlossenen im Februar 1945 einen waghalsigen Ausbruch. Der Befehl hierzu wurde aus militärischer Sicht viel zu spät erteilt, denn die Rote Armee belagerte die Stadt zu diesem Zeitpunkt beinah lückenlos. Das Ausbruchsunterfangen endete in einem schrecklichen Blutbad. Tausende Soldaten starben. Nur einigen Hundert Männern gelang es den Belagerungsring zu durchbrechen und die eigenen Linien zu erreichen.

In der Schlacht um Budapest wurde die 8. SS-Kavallerie-Division, die erst seit März 1944 den Ehrennamen „Florian Geyer" trug, vernichtet.

Daten

8. SS-Kavallerie-Division „Florian Geyer"

Aufstellung der Einheit:

Im Sommer 1942 wurde die SS-Kavallerie-Brigade *(Kommando: SS-Gruppenführer Hermann Fegelein)* zum Truppenübungsplatz Heidelager in Debica/Polen verlegt. Dort stockte man sie vornehmlich mit sog. Volksdeutschen zur SS-Kavallerie-Division auf.

Den Beinamen (Ehrenbezeichnung) *„Florian Geyer"* erhielt die Division im Frühjahr 1944.

Die SS-Kavallerie-Division wurde ausschließlich an der Ostfront im Krieg gegen die Sowjetunion eingesetzt.

Dienstgrade der Waffen-SS gegenüber der Wehrmacht:

Mannschaften und Unteroffiziere

SS-Schütze	Schütze
SS-Oberschütze	Oberschütze
SS-Sturmmann	Gefreiter
SS-Rottenführer	Obergefreiter
SS-Unterscharführer	Unteroffizier
SS-Scharführer	Unterfeldwebel
SS-Oberscharführer	Feldwebel
SS-Hauptscharführer	Oberfeldwebel

SS-Stabsscharführer (Spieß) auch SS-Sturmscharführer = kein eigentlicher Dienstrang sondern eine Dienststellung	Hauptfeldwebel (Spieß) Stabsfeldwebel = kein eigentlicher Dienstrang sondern eine Dienststellung

Offiziere

SS-Untersturmführer	Leutnant
SS-Obersturmführer	Oberleutnant
SS-Hauptsturmführer	Hauptmann
SS-Sturmbannführer	Major
SS-Obersturmbannführer	Oberstleutnant
SS-Standartenführer	Oberst
SS-Oberführer	-
SS-Brigadeführer	Generalmajor
SS-Gruppenführer	Generalleutnant
SS-Obergruppenführer	General
SS-Oberstgruppenführer	Generaloberst

Es war bei offiziellen Anlässen geläufig auf Generalsebene den Rang doppelt zu nennen: z.B. *„SS-Brigadeführer und Generalmajor der Waffen-SS"*

Offiziersanwärter

FA = Führeranwärter   OA = Offiziersanwärter

SS-Junker FA	Fahnenjunker (Unteroffizier) OA
SS-Oberjunker FA	Fähnrich OA
SS-Standartenjunker FA	Fahnenjunker (Feldwebel) OA
SS-Standartenoberjunker FA	Oberfähnrich OA

Gliederung der Division Ende 1944:

- SS-Kavallerie-Regiment 15
- SS-Kavallerie-Regiment 16
- SS-Kavallerie-Regiment 18
- SS-Aufklärungs-Abteilung 8
- SS-Artillerie-Regiment 8
- SS-Flak-Regiment 8
- SS-Panzerjäger-Abteilung 8 (die SS-StuG-Abteilung 8 wurde im Frühjahr 1944 in die Panzerjäger-Abteilung 8 eingegliedert)
- SS-Pionier-Bataillon 8
- SS-Nachrichten-Abteilung 8
- SS-Feldersatz-Bataillon 8
- SS-Sanitäts-Abteilung 8
- SS-Veterinär-Kompanie 8
- SS-Wirtschafts-Bataillon 8

Kommandeure der Division:

März/April 1942	SS-Obersturmbannführer Gustav Lombard
April – Aug. 1942	SS-Standartenführer Hermann Fegelein
Aug. 1942 – Febr. 1943	SS-Brigadeführer Wilhelm Bittrich
Febr. – April 1943	SS-Oberführer Fritz Freitag
April/Mai 1943	SS-Standartenführer Gustav Lombard
Mai – Sept. 1943	SS-Brigadeführer Hermann Fegelein
Sept./Okt. 1943	SS-Standartenführer Bruno Streckenbach
Okt. – Dez. 1943	SS-Brigadeführer Hermann Fegelein
Jan. - Apr. 1944	SS-Oberführer Bruno Streckenbach
April – Juli 1944	SS-Oberführer Gustav Lombard
Juli 1944 – Feb. 1945	SS-Brigadeführer Joachim Rumohr

Einsätze der „Geyer":

Einsatzgebiet: ausschließlich Ostfront

1942

Okt. bis. Dez.

Heeresgruppe Mitte: Raum Smolensk und Rshew

- Bereitstellung zum Angriff gegen durchgebrochene Feindkräfte
- Abwehrkämpfe
- Sicherung der Westflanke angreifender Panzer-Divisionen

1943

Jan. bis März

Heeresgruppe Mitte: Raum Rshew und Orel

- Einsatz gegen versprengte Feindkräfte

April bis Mai

- Auffrischung

Juni

- Partisanenbekämpfung Raum Ukraine

Juli bis November

Heeresgruppe Süd: Raum Dnjepr

- Rückzugskämpfe, Abwehrkämpfe und Bandenbekämpfung

November – Dezember

- Besetzung Ungarns „*Unternehmen Margarethe*"

1944

Januar

- Besetzung Ungarns

Februar – August

- Neuaufstellung in Esseg/Kroatien *(endgültige Bezeichnung: 8. SS-Kavallerie-Division „Florian Geyer"*

September- November

Heeresgruppe Süd, bzw. Südukraine: Einsatzraum Siebenbürgen

- Rückzugs- und Abwehrkämpfe

ab November bis Februar 1945 (Vernichtung)

- Einsatzraum Budapest

Kriegsverbrechen:

Hier muss man berücksichtigen, dass die *8. SS-Kavallerie-Division „Florian Geyer"* aus den aufgeriebenen Resten der *SS-Kavallerie-Brigade* hervorging.

Der *SS-Kavallerie-Brigade* werden zahlreiche Kriegsverbrechen aus dem Jahr 1941 zur Last gelegt. Insbesondere wurden diese während der sog. „*Bandenbekämpfung*", hauptsächlich im Gebiet der schwer zugänglichen Pripjet-Sümpfe, begangen. So wurden allein im August 1941 rund 14.000 ermordete Juden gemeldet. Bis zum Jahresende 1941 stieg die Zahl der Opfer auf etwa 40.000 Menschen jüdischen Glaubens an.

Das Kommando führte während dieser Zeit *SS-Standartenführer Hermann Fegelein*, der für seine Kriegsverbrechen nie zur Rechenschaft gezogen wurde.

Bundesarchiv, Signatur: Bild 146-1992-014-35A, Foto: ohne Angaben

Hermann Fegelein in Uniform eines Standartenführers der Waffen-SS mit Ritterkreuz. ca. 1942

Fegelein war der Ehemann von *Margarete Braun*, *Eva Brauns* Schwester, und gehörte somit zum näheren Umfeld von *Adolf Hitler*. In den letzten Kriegstagen fiel er bei *Adolf Hitler* in Ungnade, wurde im Schnellverfahren durch ein hastig aufgestelltes Militärgericht wegen Fahnenflucht zu Tode verurteilt und unmittelbar darauf, am 29. April 1945, erschossen.

Auch der *SS-Brigadeführer Gustav Lombard* war an den o.g. Kriegsverbrechen beteiligt. Im Juli 1941 befehligte er bei der „*Bandenbekämpfung in den Pripjet-Sümpfen*" als SS-Sturmbannführer dort eingesetzte Kavallerie-Kräfte.

Bundesarchiv, Signatur: Bild 183-J12804, Foto: Fritsch, F.

Ritterkreuzträger *SS-Standartenführer Gustav Lombard erhielt das Ritterkreuz als Rgts.-Kdr. in der Kav.-Divis. der Waffen-SS am 15.3.43. Scherl P.K. Fritsch*

Während seiner sowjetischen Kriegsgefangenschaft wurde *Lombard* wegen Vergewaltigung und Ermordung einer Russin, sowie der Erschießung von Partisanen durch das von ihm befehligte Regiment, zu 25 Jahren Haft verurteilt. Er kam jedoch aufgrund einer Amnestie 1955 frei. Ein Verfahren bezüglich *Lombards* Beteiligung an der Vernichtung der im Pripjetgebiet lebenden Juden wurde im Dezember 1970 aufgrund des damals gültigen deutschen Strafrechts eingestellt.

Eckdaten der Schlacht um Budapest/Ungarn:

Zeitraum der Kämpfe: 29.10.1944 bis 13.02.1945

Belagerungszeit: 102 Tage

hiervon Kessel: 51 Tage

Verteidiger

Ungarische Truppen:

- Befehlshaber: *General Ivan Hindy*
- 3. ungarische Armee mit einer Truppenstärke von ca. 37.000 Soldaten, darunter u.a.
- 10. Infanterie-Division
- Alarmbataillon „Vannay"
- Universitäts-Sturmbataillon
- 1. Panzer-Division

Deutsche Truppen:

- Befehlshaber: *SS-Obergruppenführer und General der Waffen-SS Karl Pfeffer-Wildenbruch*
- Truppenstärke: etwa 33.000 Soldaten darunter u.a.:
- 8. SS-Kavallerie-Division „Florian Geyer"
- 22. SS-Freiwilligen-Kavallerie-Division "Maria Theresia"
- Panzer-Grenadier-Division „Feldherrnhalle"
- 503. Schwere Panzer-Abteilung (Panzerkorps Feldherrnhalle)
- 271. Volks-Grenadier-Division

- IX. Waffen-Gebirgs-Armeekorps der SS
- 13. Panzer-Division
- 17. Flak-Brigade

Angreifer

Sowjetische Truppen (mit verbündeten ungarischen und rumänischen Einheiten):

- Befehlshaber: *Marschall Rodion Malinowski* (2. Ukrainische Front) und
- Befehlshaber: *Marschall Fjodor Tolbuchin* (3. Ukrainische Front)
- Truppenstärke: etwa 156.000 Soldaten

Kräfteverhältnis Verteidiger vs. Angreifer:

Soldaten: 1 : 2

Panzer und Geschütze: 1 : 5

Gefallene während der Kesselschlacht: 80.000 Rotarmisten
17.000 ungarische Soldaten
30.000 deutsche Soldaten
38.000 Zivilisten

Die o.g. Zahlen werden von Historikern als realistisch bezeichnet, wobei einige Quellen von weit mehr Todesopfern sprechen. So beziffert der ungarische Wissenschaftler *Krisztián Ungváry* in seinem Buch: *Die Schlacht um Budapest 1944/45 (erschienen 1999 im Herbig Verlag München, ISBN: 3-7766-2120-6, Kapitel V. Belagerung und Bevölkerung, Seite 450)* die Gesamtverluste der Budapester Bevölkerung während der Kämpfe um die Stadt auf etwa 76.000 Opfer.

Kriegsverbrechen in Budapest:

Während der Belagerung Budapests wurden von Angehörigen der antisemitischen Partei der Pfeilkreuzler tausende Zivilisten jüdischen Glaubens hingerichtet. Das Martyrium vieler Juden endete am Ufer der Donau. Sie wurden dort erschossen und in den eisigen Strom geworfen.

Ihnen zum Gedenken wurde von dem Künstler *Gyula Pauer* südlich des ungarischen Parlaments, am unteren Donaukai, ein Holocaust-Mahnmal errichtet. Auf einer Länge von 40 Metern wurden zum Andenken an die Opfer dieser Gräueltaten sechzig Paar metallene Schuhe gereiht.

Der in Budapest lebende schwedische Diplomat *Raoul Wallenberg* rettete vielen jüdischen Ungarn das Leben, indem er falsche schwedische Schutzpässe ausstellte. Als *Wallenberg* von der geplanten Vernichtung des jüdischen Ghettos erfuhr, wandte er sich an den Befehlshaber der deutschen Streitkräfte im Stadtteil Pest, *General der Wehrmacht Gerhard Schmidhuber* und bat diesen um Hilfe. Aus Furcht bei Untätigkeit nach dem Krieg als Kriegsverbrecher angeschuldigt zu werden, verbot *Schmidhuber* die Aktion (von der er keine Kenntnis hatte und sich auch distanzierte), ließ die Verantwortlichen (Ungarn und Deutsche) antreten und teils festsetzen (Haft). Zusätzlich sandte er zur Durchsetzung seines Befehls Wehrmachtstruppen ins Ghetto und verhinderte damit den geplanten Pogrom.

Das *allgemeine jüdische Ghetto* wurde einen Tag später, beinahe kampflos, von der Roten Armee eingenommen. Etwa 70.000 Juden hatten überlebt.

Raoul Wallenberg wurde nach der Eroberung Budapests durch die Rote Armee von Sowjettruppen inhaftiert, da man ihn verdächtigte für die Amerikaner als Spion tätig zu sein. Der Schwede starb 1947 in sowjetischer Gefangenschaft.

Weiterhin wurden während der Kämpfe um Budapest 50.000 jüdische Männer dem deutschen Arbeitsdienst überstellt. Rund die Hälfte von ihnen überlebte die Einsätze (Schanzarbeiten und/oder Deportation nach Deutschland) nicht.

Bundesarchiv, Signatur: Bild 101I-680-8285A-25, Foto: Faupel

Budapest - ungarische und deutsche Soldaten treiben verhaftete Juden ins Stadttheater, 20./22. Oktober 1944; Einsatz Kompanie Lw zbV

Für die Budapester Bevölkerung änderte sich nach der Befreiung durch die Rote Armee nicht viel. Die humanitäre Hilfe hielt sich in Grenzen. Plünderungen standen an der Tagesordnung. Hierbei gingen die Rotarmisten teilweise äußerst brutal vor. Es kam u.a. auch zu Erschießungen von ganzen Familien.

Zudem wurden rund 70 % aller weiblichen Bewohner Budapests, die sich im Alter zwischen 10 und 70 Jahren befanden, vergewaltigt. Als Folge hiervon breiteten sich rapide Geschlechtskrankheiten aus.

Wahllos wurden Männer zu Zwangsarbeiten verpflichtet. Anfangs mussten die seit Tagen herumliegenden Leichen tausender gefallener Soldaten beseitigt werden, später verschleppte die Rote Armee rund 50.000 Ungarn nach Russland.

Ebenso rücksichtslos wurde mit deutschen und ungarischen Kriegsgefangenen umgegangen. Kranke und marschunfähige Soldaten stellten für die Rote Armee eine Last dar. Sie wurden sofort hingerichtet. In der Regel erschoss man sie an Ort und Stelle, es kam aber auch vor, dass die wehrlosen Opfer bei lebendigem Leib von Panzern überrollt wurden.

Täglich fanden willkürliche Hinrichtungen sowohl von Angehörigen der Waffen-SS, als auch von russischen Hilfswilligen statt, die als Landesverräter angesehen wurden.

Beim berüchtigten Todesmarsch der Gefangenen von Budapest nach Baja wurde jeder Kriegsgefangene, der den Marschtritt nicht mithalten konnte und aus der Reihe fiel, unverzüglich erschossen.

Roman

Erzählt wird die Geschichte eines Unterscharführers, der in den Trümmern von Budapest den Untergang der 8. SS-Kavallerie-Division „Florian Geyer" miterlebte.

Bis auf historische Persönlichkeiten, sind alle Personen/Namen frei erfunden. Jegliche Ähnlichkeiten mit realen Personen wären rein zufällig.

Landser in den Trümmern von Budapest

Es wurde bereits dunkel, als sie ihren neuen Einsatzraum erreichten. Vor den Nüstern der Pferde tanzten mit jedem Schnauben kleine Dunstwölkchen. Eisiger Ostwind blies den Reitern ins Gesicht, zwängte sich durch den dicken Mantelstoff und hielt die Kavalleristen mit seiner kalten Hand fest. Die Alten unter den Kavalleristen wussten, dass dies der Vorbote eines frostigen Ostwinters war.

Untersturmführer Max Weberknecht stieg von seinem Trakehner. Er streckte sich und konnte dabei ein langes Gähnen nicht verkneifen. Mit der flachen Hand tätschelte der Offizier der Waffen-SS den Hals seines Pferdes. „Brav, Brauner!"

Das Hufgetrampel hinter ihm nahm langsam ab. Der Reiter-Zug kam gemächlich zum Stillstand. Lediglich zwei Panjewagen mit Ausrüstung folgten noch mit etwas Abstand. Sie wurden erwartet. Ein Soldat trat aus dem schwachen Tarnscheinwerferlicht eines Kübelwagens. Er ging auf Weberknecht zu, grüßte die Ankömmlinge salopp, indem er den militärischen Gruß mehr andeutete als ausführte und stellte sich vor. „Guten Abend! Ich bin der Verbindungsoffizier zwischen den Ungarn und unseren Leuten."

Bundesarchiv, Signatur: Bild 146-2001-019-36, Foto: Adendorf, Peter

Sowjetunion, Mitte.- Waffen-SS-Kavallerie-Brigade, Angehörige der Waffen-SS zu Pferd, 1941

Weberknecht kannte den Hauptsturmführer nicht. Zumindest konnte er sich an das Gesicht des Stabsoffiziers nicht erinnern. „Untersturmführer Weberknecht, 3. Zug, 1. Schwadron", kam die prompte Antwort.

Der Verbindungsoffizier winkte schon mitten im Satz ab. „Ich weiß! Ihr Eintreffen wurde mir zeitnah angekündigt. Die restliche Schwadron befindet sich bereits in den Stellungen. Die Pferde bleiben hier. Ein paar Hiwis bringen die Tiere zum Tross. Ihre Männer können sich eine heiße Tasse Tee gönnen, dann werden sie in die neuen Stellungen geführt", kam es unmissverständlich.

„Wir haben einen langen und anstrengenden Ritt hinter uns!", wollte Weberknecht protestieren, erkannte aber auch sofort die Sinnlosigkeit seines Unterfangens.

Der Stabsoffizier, der die eintreffenden Einheiten der 8. Kavallerie-Division „Florian Geyer" einwies, schob seine Schirmmütze lässig nach vorn, kratzte sich am Hinterkopf und richtete die Kopfbedeckung anschließend wieder zurück in die korrekte Position.

„Das ist mir sonnenklar, aber der Russe ist bereits aktiv. Die Ungarn sind zu schwach. Sie werden den Iwan ohne unsere Hilfe nicht abwehren können. Unsere Männer müssen unbedingt die Lücke zwischen den ungarischen Truppen und der Hauptverbindungsstraße nach Budapest schließen. Zudem traue ich unseren Verbündeten nicht über den Weg. Sie wissen ja wie andere sogenannte Verbündete in der Vergangenheit reagiert haben, oder?", spielte er auf Rumänien und Italien an.

„Müssen wir wieder einmal die Feuerwehr spielen?", presste der Kavallerist fragend über die Lippen. An der Reizbarkeit seines Gemüts war zu erkennen, dass er müde und durchfroren war. Der Untersturmführer hatte sich auf ein warmes Nachtquartier gefreut. Umso größer war seine Enttäuschung bezüglich des Befehls ihrer Verwendung.

„Sieht so aus, Weberknecht, aber ich werde dafür sorgen, dass Sie nach dem Einsatz gute Quartiere erhalten", sagte der Hauptsturmführer mit ruhiger Stimme. Er zeigte volles Verständnis für die Kavalleristen.

„Nun denn … ", stöhnte der Reiter. „Hoffentlich wird das Ganze nicht zu lange dauern."

Der Stabsoffizier zog ein Zigarettenetui aus seiner Hosentasche, öffnete es und hielt dem Untersturmführer das silberne Teil hin. „Möchten Sie eine? Nachher herrscht absolutes Rauchverbot. Der Iwan sitzt in Lauerstellung. Wir möchten ihn nicht unbedingt einladen beim Wachwechsel mit dabei zu sein! Sie wissen schon … "

„Ist die Front ansonsten ruhig?"

„Drüben bei der „Maria Theresia" rumst es schon ordentlich."

„Ist die 22.te schon hier?", fragte Weberknecht leicht erstaunt.

„Gestern angekommen!"

Der Kavallerist nahm sich eine der Zigaretten. Es war eine deutsche Marke. „Atikah! Die hatte ich auch schon länger nicht mehr!" bemerkte er. Noch bevor der Zugführer die Zigarette anzündete, gab er seinen Männern das taktische Zeichen zum Absitzen. „Wo können wir uns ein wenig aufwärmen?"

Der Stabsoffizier, der unverkennbar mit österreichischem Dialekt sprach, blickte auf seine Armbanduhr. Um die Uhrzeit besser ablesen zu können, hielt er den linken Arm in das schwache Licht der Scheinwerfer seines Kübelwagens. Danach deutete er an seinem Fahrzeug vorbei nach hinten. „Dort drüben, in der großen Scheune. Warmer Tee steht auch bereit. Ihre Leute sollten aber vorher die persönliche Ausrüstung abladen. Um die Pferde kümmern sich die Hiwis, aber das habe ich ja schon erwähnt. Sie und ihre Männer haben eine gute Stunde Zeit, dann führt man Sie in die Stellung."

„Wo ist der Rest von unserer Schwadron eigentlich abgeblieben?"

„Beide Züge sind neben ihnen eingesetzt, der Tross befindet sich drei Kilometer weiter hinten in ...", der Offizier versuchte einen ungarischen Ortsnamen fehlerfrei auszusprechen, gab es aber gleich wieder auf, „... ach diese Ungarn haben eine außergewöhnlich impraktikable Sprache. Nichts kann man normal aussprechen", schimpfte der Österreicher. „Wenn ich den Namen dieses Nestes korrekt wiedergeben müsste, würde ich mir dabei die Zunge brechen!" Er lachte.

„Warum denn?", griente Weberknecht zurück. Der Verbindungsmann hatte es tatsächlich geschafft, die aufkommende üble Laune des Reiters zu unterdrücken. „Üllö geht einem doch leicht über die Lippen. So heißt doch die Gegend hier, oder?", schob er scherzend hinterher.

„Ich bin zwar in der österreich-ungarischen Monarchie geboren, aber die ungarische Sprache hat man uns Österreichern nicht in die Wiege gelegt", entgegnete der Verbindungsoffizier, kam aber sofort auf Weberknechts Frage zurück. „Stimmt, wir sind im Raum Üllö, aber genauer gesagt, werden Sie an der Straße Budapest-Cegléd in Stellung liegen. Passen Sie auf! Der Russe hat die ersten Vororte von Budapest schon eingenommen. In Üllö selbst sitzt er angeblich auch schon, aber wir werden ihn dort so schnell es geht wieder rauswerfen! Möglich, dass der Iwan es heute Nacht auch bei Ihnen versuchen wird. Hinter uns befindet sich der Flugplatz. Den gönnt uns der rote Bruder offenbar nicht...", der Hauptsturmführer grinste. „„...oder er möchte ihn erobern um seine abgekämpften Truppen zurück nach Moskau zu fliegen", feixte der Österreicher mit einer ordentlichen Portion Galgenhumor.

„Ein Gefecht ist heute Nacht das Letzte, was ich nach dem Ritt brauche!"

„Vielleicht haben Sie Glück. Nach dem aktuellsten Bericht der Aufklärer pausieren die Bolschewisten. Sie rüsten auf. Die Rote Armee führt momentan immer noch Truppen nach. Alles sieht nach einem großen Schlag aus! Soviel steht fest, Weberknecht, hier in Budapest wird es ordentlich rumsen! Wir müssen zusehen, dass wir eine

anständige Verteidigungslinie aufbauen und die rückwärtigen Nachschublinien schützen, bevor es losgeht."
Ein paar russische Hilfswillige kamen angelaufen. Sie übernahmen die Pferde, führten sie auf eine umzäunte Koppel und begannen damit die Tiere zu versorgen. Die Reiter warteten indessen auf die Panjewagen. Einige hopsten ungeduldig von einem Bein auf das andere, um sich ein wenig aufzuwärmen. Endlich rollten die Kutscher mit ihren Gefährten ein. Schnell wurde abgeladen.
„Sie können den Hiwis folgen", wurde den Männern auf den Kutschböcken mitgeteilt. „Neben der Weide befindet sich die Scheune, von der ich vorhin gesprochen habe. Unsere Leute haben aus einer Tonne einen Kanonenofen gebaut und ordentlich mit Holz gefüllt. Zumindest rund um den Ofen ist es schön warm. Ihre Männer sollen alles zusammenstellen, was sie mit in den Graben nehmen. Der Rest kommt zum Tross."
„Alles klar!", bestätigte Weberknecht. Sein Zug trat an. Die Gesichter wirkten müde. Mancher von ihnen zitterte vor Kälte.
„Die Ungarn haben übrigens ein gutes Grabensystem angelegt. Man kann sich relativ sicher in den Laufgräben bewegen. Das ist hilfreich gegen russische Scharfschützen!"
„Sind die auch schon hier?"
„An welcher Front sind sie nicht?"

Der versprochene heiße Tee war zwar nur noch lauwarm, dennoch verfehlte er bei den ausgefrorenen Reitern nicht seine zugedachte Wirkung. Nachdem die Feldflaschen gefüllt waren, bekam jeder Landser für zwei Tage Kaltverpflegung ausgehändigt.
„Ist freilich ´ne prima Sache, dass ich was zum Futtern bekomme, aber das bedeutet gleichzeitig, dass morgen früh das warme Frühstück ausfällt", meinte Frank Bauer mit seiner typisch schnoddrigen, sächsischen Art, unterdrückte aber zum besseren Verständnis den eigenwilligen Dialekt. Ein breites Grinsen zog sich über das Gesicht. „Wie sieht es eigentlich mit Marketenderware aus? Habt ihr nichts für uns erhalten?"
Die beiden Essensausgeber blickten sich fragend an. „Mir ist nichts bekannt!"
„Mir auch nicht!"
„Keine Zigaretten? Kein Schnaps? Nicht mal ein paar Drops?"
„Brauchst du Zigaretten, Kamerad?"

„Nicht zum Rauchen. Ich tausche sie ein. Bin selbstverständlich Nichtraucher!"
„Dann kann ich dir leider nicht helfen. Ich bin selber Nichtraucher und tausche meine Zigarettenration ausschließlich gegen flüssiges Gold ein."
„Schnaps?"
Ein kurzes Nicken sagte alles.
Bauer packte leicht enttäuscht die Kaltverpflegung in den Brotbeutel und ging rüber zum Kanonenofen. Als Brandschutz waren unter der Tonne ein paar Steinplatten ausgelegt. Zusätzlich stand neben dem heißen Ofen ein Eimer mit Löschwasser. Einer der russischen Hiwis legte gerade ein paar Holzscheite nach. Feuerzungen leckten gierig nach dem Brennstoff. Je näher man zu der Tonne kam, desto wärmer wurde es.
„Feuer gutt für Kälte!", sagte der Russe, prüfte mit fachmännischem Blick ob das Feuer richtig.
„Ich wees, waste meenst, meen Gutster, abba dis is nisch waa!"
Ein verdutzter Blick. „Kann nix verstehen!"
„Was du gesagt hast ist nicht wahr, mein Freund. Ein Feuer ist im Allgemeinen gegen die Kälte gut, nicht für die Kälte", übersetzte der Sachse ins Hochdeutsche.
„Bauer, erteilen Sie wieder mal einen Sprachkurs Ihres Heimatdialektes?", donnerte Untersturmführer Weberknecht Stimme. Der Offizier stand hinter dem Gruppenführer.
„Schuldnchsä, Scheff, ich kann die Glabbe eenfach nisch halten", Bauer räusperte sich. „Ich kann meinen Mund manchmal nicht halten."
Weberknecht schmunzelte. „Ihre sächsische Sprachgewandtheit in allen Ehren, aber die meisten unserer Kameraden sind Volksdeutsche. Wie verständigen Sie sich eigentlich mit denen?"
„Sächsisch ist ganz einfach zu lernen. Sie müssen beim Sprechen nur den Unterkiefer etwas vorschieben, dann ..."
Bauer und Weberknecht fingen beide gleichzeitig an zu lachen. Der Unterscharführer hielt die Hände über den Ofen und rieb die Handflächen aneinander. „Das tut gut!"
„Stimmt!", stieß Bauer aus und machte es seinem Vorgesetzten nach. „Wissen Sie, mit Humor geht es doch ein wenig einfacher. Meine Jungs sind kaputt. Als sie erfuhren, dass wir jetzt noch in die neuen Stellungen müssen, haben sie ganz schön lamentiert! Ein wenig Heiterkeit vertreibt so manche Sorgen."

„Das ist es, was ich an Ihnen so schätze, Bauer. Und wenn wir noch so tief im Schlamassel festsitzen, Sie sind immer fröhlich und haben meistens einen Scherz auf den Lippen."
„Ich versuche es zumindest."
„Sagen Sie Ihrer Gruppe, dass der ganze Zug in dreißig Minuten gefechtsfertig anzutreten hat."

Sie wurden etwa einen Kilometer weit durch die dunkle Nacht geführt, bevor sie den Laufgraben erreichten. Ein Mitarbeiter des Verbindungsoffiziers lotste sie. „Ab hier hat der Feind Einsicht. Köpfe runter und Zigaretten aus!", kam es monoton herüber. Dem Rottenführer war anzumerken, dass er die Strecke schon ein paarmal hin und her gegangen war. „Der Graben ist etwas mehr als 1,50 Meter tief. Nachts kann man normalerweise aufrecht gehen. Tagsüber empfehle ich die Köpfe einzuziehen."
„Wie lang ist der Laufgraben?"
„Wir müssen eineinhalb Kilometer bis zu den Schützengräben zurücklegen. Weiter vorn sind ein paar Winkel eingebaut."
Geübte blickte stellten sofort fest, dass der Laufgraben schnell ausgehoben wurde. Seitliche Befestigungen, wie Holzwände, Flechtmatten oder Stützbalken, fehlten. Lediglich auf dem Boden lagen Holzbohlen. Auf ihnen konnte man sich auch bei Regenwetter relativ gut bewegen, und versank nicht direkt im Schlamm. Ein Vorteil.
Obwohl sich die Kavalleristen bemühten behutsam leise zu sein, war das Auftreten der Soldatenstiefel auf den Holzbohlen relativ laut und nachts weit zu hören. Hin und wieder klapperten Ausrüstungsgegenstände. Die anfängliche Angst, der Feind könnte sie hören und mit Beschuss reagieren, bestätigte sich nicht. Aufatmen!
Bei den eigentlichen Schützengräben angekommen, teilte Untersturmführer Weberknecht die Gruppen ein. „Bauer, Sie bleiben in der Mitte. Sie haben mit ihrem Ofenrohr unseren besten Trumpf in der Hand."
Die letzten Wochen waren turbulent verlaufen. Aufgegriffene, versprengte Soldaten, egal ob Waffen-SS oder Wehrmacht, wurden in den eigenen Reihen eingegliedert. Auch Weberknechts Zug stieß auf einen einsamen Wehrmachtssoldaten, dessen Einheit völlig aufgerieben war. Er lag allein in seiner Stellung und wartete auf den Angriff der Russen. Der Mann war Volksdeutscher, ebenso wie das Gros der 8. SS-Kavallerie-Division „Florian Geyer", weshalb er sich auf Anhieb wohl

fühlte. Der Schwadronsführer gab an, sich um die Bürokratie zu kümmern, und der Schütze konnte bleiben. Das Besondere an ihm war, dass er mit der Raketenpanzerbüchse 54, von den Landsern kurz Panzerschreck oder Ofenrohr genannt, ausgerüstet war, und auch über ausreichend Munition für die Panzerabwehrwaffe verfügte. „Sie haben mir gesagt, dass ich solange die Stellung halten soll, bis man mich wieder abholt", erklärte er seinerzeit den Soldaten der „Geyer". Man steckte Majuschek in eine SS-Uniform, setzte ihn auf einen der Panjewagen und alle waren zufrieden.

Majuschek, der aus Siebenbürgen stammte, fühlte sich in Bauers Gruppe wohl, da neben ihm auch noch Rottenführer Förtsch und Sturmmann Zubisch aus Siebenbürgen kamen. Dann waren da noch Meggerle, Kämmerer und Langer, die drei Österreicher, sowie die Schlesier Reis und Poporski.

Die Harmonie untereinander stimmte. Bauer forderte von seinen Männern zwar viel, jedoch nie mehr, als er auch sich selbst abverlangte. Sie waren nach der Neuaufstellung der Division in Kroatien binnen kürzester Zeit zu einer homogenen Gruppe zusammengewachsen, in der jeder für jeden Einstand, was eher eine Ausnahme in diesen Tagen war.

Der vordere Schützengraben war mit Auftritten versehen, damit die Soldaten bei der Verteidigung mit gutem Stand über den Rand schießen konnten. Alle zehn Meter waren grob gezimmerte Holzleitern, die sog. Ausstiege, angebracht, über die man bei Gegenangriffen aus den Gräben stürmte. Jeder Landser hielt fünf Meter Abstand zum Nebenmann ein. Bauer, Majuschek und Kämmerer hatten sich in der Mitte postiert, Reis und Zubisch lagen links von ihnen am lMG 42. Rottenführer Förtsch besetzte den äußerst linken Posten. Die anderen lagen rechts von ihrem Gruppenführer in Stellung.

„Wenn jeder zweite von euch ein Auge zumacht, habe ich nichts dagegen. Ihr müsst nur selbständig für einen Wechsel sorgen", genehmigte der Unterscharführer.

Die Stellungen wurden besetzt, ohne dass der Feind davon Kenntnis nahm. Entgegen allen Befürchtungen blieb die Nacht in ihrem Kampfabschnitt ruhig. So konnte jeder Kavallerist zumindest für ein paar Stunden Ruhen, bzw. tiefen Schlaf finden.

Bei den benachbart eingesetzten Kräften hingegen tobten erste Kämpfe. Nächst Dunaharaszti wurde die 22. SS-Freiwilligen-Kavallerie-Division „Maria Theresia" stark unter Druck gesetzt. Ein sowjetischer

Panzerangriff scheiterte lediglich daran, dass ein Gros der T 34 in ein angelegtes Minenfeld fuhr. Viele Panzer blieben beschädigt liegen, was zur Folge hatte, dass die begleitende Sturm-Infanterie ebenfalls stecken blieb. Die wenigen T 34, denen der Durchbruch gelang, mussten sich schnell wieder zurückziehen.

Man merkte, dass es an der Front brodelte. Die russische Großoffensive stand unmittelbar bevor.

Bundesarchiv, Signatur: Bild 146-1982-090-11, Foto: Faupel, Agentur: Presse-Illustration Heinrich Hofmann

Dezember/Januar 1944/1945 - Budapest, Getarnt zwischen Gerümpel eines Gehöfts steht deutsche Pak zur Abwehr sowjetischer Angriffe am Rande der ungarischen Hauptstadt bereit.

Bauers Gruppe lag seit zwei Tagen ununterbrochen im Graben. Die Schwadron, mit der sie sich hätten abwechseln sollen, wurde anderweitig eingesetzt. Mit Durchhalteparolen und Versprechungen aller Art versuchten die Vorgesetzten ihre Mannschaften zu motivieren. Bei manchen jungen Landsern hatte das Erfolg, die alten Hasen in den Reihen der „Geyer" wussten indessen was die Stunde geschlagen hatte. Es wurde wieder einmal ernst.

In den Gesichtern der Soldaten sprießten Stoppelbärte, dunkle Ringe unter den Augen zeugten von akutem Schlafmangel. Die innere

Anspannung wuchs von Stunde zu Stunde. Sie grenzte wieder einmal ans Uferlose.

Trotz der lauernden Gefahr des scheinbar unmittelbar bevorstehenden Angriffs, nagte die aufgekommene Langeweile fast mehr an den Nerven, als der Feind selbst. Das stumpfsinnige Warten ohne Tätigkeit trieb mehr als nur einen Mann fast an den Rand des Wahnsinns.

„Grabenkoller-Gefahr!", wurde von ein paar alten Rottenführern erzählt. Geschichten über den ersten Weltkrieg machten die Runde. Angeblich war einer von ihnen als Sechzehnjähriger in Verdun dabei.

„Pure Latrinenparole! Ich kenne keinen von uns der so alt ist", widersprach Bauer. Das Gerücht hielt sich trotzdem.

Tagsüber gab es lediglich zwei Abwechslungen. Eine davon war der genehmigte Gang zum Donnerbalken, die andere waren die Essensträger, die mit ihren großen Aluminiumbehältern freudig begrüßt wurden, wenn sie durch den Laufgraben auf die Schützengräben zuliefen.

„Endlich!", stieß Förtsch aus und signalisierte seinen Nebenleuten, dass sich die Essensträger näherten. Bauer wechselte sofort rüber zu dem Soldaten aus Siebenbürgen.

Zwei Männer vom Schwadrons-Tross kamen auf sie zu. Sie liefen geduckt. Beide blieben vor Förtsch stehen.

„Gruppe Bauer?"

„Wieso fragst du noch? Du kommst doch schon zum zweiten Mal hierher", moserte der Rottenführer.

„Lass ihn. Er möchte eben nichts falsch machen", beruhigte Bauer.

„Wir haben außer dem Essen noch Rauchwaren dabei. Jeder bekommt zwei Packungen Zigaretten", sprudelte es aus dem Essensträger so schnell hinaus, als wolle er seinen kleinen Fauxpas damit übertünchen.

„Was haste denn für ´ne Marke?"

„Juno! Was anderes gab es nicht."

„Mach das mit den Glimmstängeln mal nachher. Ich hab mächtig Kohldampf. Was gibt´s denn zum Essen?" drängte der sächsische Unterscharführer.

„Wir sind in Ungarn. Da gibt es Gulasch!"

„Schon wieder?"

„Diesmal nicht mit Nudeln, heute hat der Küchenbulle als Beilage Kartoffeln gekocht. Kommt her, Kameraden. Esst solange das Zeug noch warm ist."

Der Graben begann zu leben. Während die SS-Männer ihre Kochgeschirre holten, und sich anschließend in einer Reihe aufstellten, hielt Bauer sein Geschirr bereits hin. „Mach voll, Kumpel!"

Der angesprochene Essensträger öffnete den ersten, sein Kompagnon den zweiten Alu-Behälter. Ein paar Kartoffeln kullerten in Bauers Essgeschirr, dann tunkte der Ausgeber eine Kelle in die rot schimmernde Sauce und schöpfte eine ordentliche Portion Gulasch in Bauers Essgeschirr.

„So mag ich es", freute sich der Sachse. „Lass die Kartoffeln schwimmen!"

Es dampfte und roch herrlich. Schon vom Zuschauen lief dem hungrigen Gruppenführer das Wasser im Mund zusammen. Plötzlich pfiff und rumste es fürchterlich.

Huiiit…Wumm

Die Erde begann leicht zu beben. Wut, Enttäuschung und tausend andere Gefühle rasten durch die Gedankenwelt des Soldaten. Der Unterscharführer musste binnen weniger Sekundenbruchteile eine Entscheidung treffen. Essen oder in Decken gehen?

Huiit…Wumm

Der nächste Koffer röhrte grollend durch die Luft, senkte die Flugbahn und bohrte sich mit ohrenbetäubender Wucht in die Erde vor dem Graben. Splitter, Erde und Geröll wurden hochgeschleudert.

„Deckung!", plärrte Förtsch.

Die Gruppe machte kehrt. Geduckt hasteten sie zurück. Jeder nahm seinen zugewiesenen Platz ein und suchte Schutz in dem minimalen ein-Mann-Unterschlupf, den sich die Landser während der letzten 36 Stunden mehr oder weniger tief gegraben hatten. Mit den ersten beiden Einschlägen begann ein minutenlanger Artillerieüberfall. Die sowjetischen Geschütze kündigten den lang erwarteten Angriff an.

Der Essensträger, der das Gulasch ausgab, ging sofort zu Boden. Bauer hingegen hielt weiterhin sein Kochgeschirr hin. Er duckte sich lediglich ab, als etwas Erde auf sie herabfiel. Seine Entscheidung war gefällt. Er hatte Hunger und er wollte essen. Jetzt! „Ist noch nicht voll!", presste er wütend aus.

Erneut jaulte eine Granate heran. Das Pfeifen war etwas lauter als zuvor und wuchs immer noch stetig an. Mit überreiztem Blick ging auch Bauer zur Seite. Der Unterscharführer drückte seinen Körper gegen die Grabenwand.

Huiiit…Wumm

Diesmal bohrte sich die Granate nur unweit von ihnen in den Boden. Erneut prasselte aufgewirbeltes Erdreich auf sie nieder. Eine ganze Welle von Einschlägen verhieß nichts Gutes. Leise vor sich hin fluchend, blieb Bauer dicht an der Grabenwand, setzte sich allerdings etwas bequemer auf den Auftritt und löffelte gierig das Gulasch aus dem nur halb gefüllten Kochgeschirr. „Wenn es mich erwischt, dann bitte mit vollem Bauch", murmelte er gehässig vor sich hin. Binnen kürzester Zeit war seine Essensportion vertilgt.

Weberknecht kam geduckt durch den Graben angelaufen. „Sind alle auf ihren Posten?", brüllte er um das Getöse zu übertönen.

„Jawohl!", bestätigte Bauer. „Ich hasse den Iwan. Er hätte zumindest noch eine halbe Stunde warten können", schob er ebenso laut nach.

Der Gefechtslärm wuchs weiter an. Maschinengewehrsalven, heftige Detonationen und Karabinerfeuer verschmolzen miteinander. Leichtes Vibrieren war zu spüren. Diesmal zitterte die Erde nicht von den Einschlägen der Granaten. Dieses Zittern hatte einen anderen Hintergrund. Die erfahren Frontkämpfer wussten den Grund. „Mist!", schimpfte Bauer und wagte es seinen Kopf ein Stück über den Grabenrand zu stecken. „Sie kommen mit Panzern. Noch sind sie weiter drüben, näher bei der Straße."

Weberknecht stellte sich neben den Unterscharführer. „Perfekt! Dort sind unsere Panzerjäger postiert. Ich hoffe, dass sie ihre Pak´s schon ausgerichtet haben!"

Nachdem der Artillerieschlag nachließ, hörten sie aus Richtung Budapest Sirenen. Zusätzlich war ein dröhnendes Summen, ähnlich wie ein großer Bienenschwarm, zu vernehmen. Bomberverbände der Alliierten griffen die ungarische Stadt an. „Es geht los" stieß Weberknecht aus. „Dabei ist die Stadt meines Wissens nach noch nicht einmal evakuiert worden. Dort sitzen Hunderttausende Zivilisten in ihren Wohnungen und Häusern! Was ist das nur für ein wahnsinniger Krieg?"

„Sie kommen!", ging es schlagartig durch die Schützengräben.

Weberknecht rannte weiter zur nächsten Gruppe. Bauer lief mit schnellen Schritten zu seinem Platz, packte die dort abgestellte MP 40, stieg auf den Auftritt und schob den Lauf über den Grabenrand. Dann nahm er seinen Feldstecher in Hand. Was er sah, ließ das Blut in seinen Adern gefrieren. Eine Wand aus braununiformierten Menschen, angeführt von einigen T 34, näherte sich den Stellungsgräben. Bauer erkannte, dass auf den Panzern Rotarmisten aufgesessen waren. Ein paar deutsche Infanteriegeschütze hieben ihre Granaten in den Pulk der Angreifer. Pak-Mannschaften richteten fieberhaft ihre Kanonen. Trocken krachten erste Schüsse. Sprenggranaten wirbelten den Panzern entgegen. Maschinengewehre begannen Lücken in die Reihe der Angreifer zu reißen. Der Schlachtruf der heranstürmenden russischen Infanteristen wurde immer lauter. „Uräähh", ertönte es aus hunderten Mündern.

Auch Reis visierte den Pulk an. Noch waren sie nicht in idealer Reichweite seines MG 42. Majuschek suchte das erste Ziel für seinen Panzerschreck. Kämmerer fungierte als Gehilfe und lud das erste Geschoß in die Raketenbüchse 54. Todesangst breitete sich aus und raste mit dem Blut durch ihre Adern.

„Uräähhh!"

Das Gebrüll zerrte an den Nerven. Trotz des kalten Novembertages rann Schweiß von den Stirnen vieler Soldaten. Es purer Angstschweiß. Ebenso wurden die Handinnenflächen der Kämpfer feucht. Manche Knie zitterten. Es waren Ausbrüche menschlicher Gefühle. Niemand war in der Lage sie zu kontrollieren. Das war der Moment, der auch die Ungläubigsten unter ihnen zu Stoßgebeten veranlasste. „Lieber Gott, wenn es dich gibt, dann hilf mir! Nur dieses eine Mal, und ich schwöre dir…."

„Bleibt ruhig, Männer!", rief Bauer immer wieder aus. Der Unterscharführer versuchte positiv auf seine Gruppe einzuwirken, wollte aber mit dem Zuruf auch seine eigene Furcht überdecken.

Das hinausposaunte: „Uräähhh!", wurde immer lauter, drang nachhallend in die Ohren der Verteidiger, und forderte von jedem einzelnen Landser den letzten Rest Mut, um nicht aufzuspringen und davonzulaufen, sondern ruhig in der Grabenstellung zu bleiben. Viele wären lieber weggerannt.

Das Brummen der Panzermotoren und Rasseln der breiten Ketten der T 34 bohrte sich unvergesslich in die Köpfe der ausharrenden Kämpfer, brannte sich unauslöschlich in die Erinnerung der Kavalleristen. Der Sensenmann war aufgesessen, ritt auf seinem weißen Schimmel herum und holte seine Ernte ein. Granaten der deutschen 8,8 cm Geschütze krepierten im Pulk der Angreifer, zerfetzten Leiber, wirbelten Körperteile durch die Luft und säten mit ihren Splittern den Tod. Auch zwei Panzer blieben getroffen stehen. Feuerblitze zuckten, dunkle Rauchwolken schossen in den Himmel, doch die Welle der braununiformierten Rotarmisten rollte unweigerlich auf die Gräben zu.

Mündungsfeuer blitzte an den Rohren der T 34. Panzergranaten schlugen vor, hinter und teilweise auch in den Schützengräben ein.

Wumm

Erst mehrere Detonationen hintereinander bremsten den Sturmlauf der Sowjets etwas ein. Sie hatten den vorgelagerten Minengürtel erreicht. Anfängliches „Hurra!" verstummte schnell. Die Masse schwappte erbarmungslos über den Todesstreifen. Gellende Schreie schwerstverwundeter Rotarmisten hallten herüber. „Willkommen in der Hölle!", presste Förtsch heraus und legte seinen Zeigefinger an den Abzugshahn seiner Waffe. Die Russen befanden sich nun in Reichweite der Schusswaffen. Einer der sowjetischen Kampfpanzer rollte über eine T-Mine. Durch die Wucht der Detonation riss eine der Ketten. Der T 34 schrammte aufgrund der Fliehkraft noch einige Meter nach vorn, schob mit seiner Masse Erdreich beiseite und grub sich frontal in die den aufgewühlten Boden. Schließlich blieb er manövrierunfähig liegen. Die aufgesessene Infanterie wurde zeitgleich heruntergeschleudert. Herumfliegende Kettenteile zertrümmerten die Knochen von ein paar russischen Soldaten, die sich in der Nähe des Panzers befanden. Ihre Schmerzschreie gingen im Gefechtslärm unter.

„Feuer!", plärrte ein Offizier und entfachte damit auch an diesem Grabenabschnitt einen Höllenzauber. Mehrere Maschinengewehre ratterten los. Ihre Projektile fetzten in die vorderste Reihe der Angreifer. Blut spritzte. Wer umfiel wurde von seinen Hintermännern überrannt. Die lebende Wand aus braununiformierten Soldaten pulsierte weiter. Sie kannte keine Gnade. Weder mit den jammernden Verwundeten, noch mit den Gefallenen.

Bauer schielte zu seinen MG-Schützen. Das MG 42 schwieg immer noch. Reis bewies wieder einmal seine stählernen Nerven. „Ich weiß, dass du ein schlesischer Parade-Sturschädel bist, aber jetzt wird´s Zeit!", schimpfte der Unterscharführer.

„Schieß endlich! Setz deine Knochensäge ein!", drängte Zubisch. Der Schütze II, hatte bereits jetzt einen zweiten Gurtkasten geöffnet, sowie einen Ersatzlauf für den schnellen Wechsel bereit gelegt.

Reis visierte mitten in den Pulk. Der Schütze I wirkte nach außen zwar gelassen, doch innerlich trommelte sein Puls in schnellster Gangart. Hochkonzentriert lugte der Schlesier noch einmal über seine Visiereinrichtung, stellte sie auf 900 Meter, prüfte ein letztes Mal die Einstellung und drückte entschlossen den Schaft fest an die Schulter. Sein rechter Zeigefinger suchte den Druckpunkt des Abzugs. Der Blick glitt über das Visier ins Ziel. Endlich schoss er. Die Qual des Wartens war vorbei. Das Rattern des MG 42 kam für viele Landser erlösend. Die Waffe spie pro Sekunde 25 Projektile aus dem Lauf, jagte diese dem Feind entgegen und fetzte blutige Lücken in die Angriffsreihen der russischen Soldaten. Bereits die erste Garbe traf zielgenau in die Leiber die heranstürmenden Rotarmisten. Reis musste kaum korrigieren. Der Gurt glitt reibungslos durch. Hülse um Hülse wurde ausgestoßen. Gnadenlos hieb er mit jeder Salve mitten in den Gegner, der den stählernen Regen nicht trotzen konnte. Wie von einem unsichtbaren Netz aufgehalten, stockte der Infanterieangriff. Allerdings erhöhte sich das auch Gegenfeuer der Rotarmisten. Mehrere Projektile zischten über die Köpfe von Reis und Zubisch hinweg. Die Garbe aus einem russischen Maschinengewehr bohrte sich nur Zentimeter von ihnen entfernt ins Erdreich. Kleine Fontänen aus Schmutz und Steinchen zeigten die tödliche Spur der Schussrichtung an.

Klack

„Ladehemmung! Hülsenreißer!", plärrte Reis, verschwand mit dem Oberkörper im Graben und zog die Waffe hinter den Grabenrand. „Ich habe dir doch gesagt, du sollst die Kiste mit der guten Munition verwenden. Diese verdammten emaillierten Stahlhülsen sind nichts als ausgesprochener Mist!", wetterte der Schlesier.

Zubisch schob den offenen Gurtkasten beiseite und öffnete einen anderen. Dann vollführte der Volksdeutsche aus Siebenbürgen blitzartig einen Laufwechsel. Die Waffe war wieder einsatzklar. Zubisch legte die Asbestlappen nicht beiseite, sondern behielt den ausgewechselten heißen Lauf in der Hand. Er schnappte sich einen extra für diesen Zweck angefertigten Metallstab und fuchtelte damit die im Lauf eingebrannte Hülse heraus. Als Reis das MG 42 wieder über den Grabenrand schob, hatte sich die braune Masse bereits wieder in Bewegung gesetzt. Erneut hämmerte er mit seinem Gewehr in die lebende Wand. „Sie kommen näher!" Ein schneller Blick an die rechte Seite folgte. Dort lagen drei wurffertige Stielhandgranaten. Sie sollten die letzte Lebensversicherung sein, falls der Feind es bis in Wurfweite heran schaffte.

Zubisch war fertig. „Der Lauf ist sauber", meinte er zufrieden. Schnell griff der Schütze II nach einem neuen Gurt. Als er gleichzeitig über den Grabenrand lugte, bemerkte er im Augenwinkel eine Bewegung. Immer noch tobte an der linken Flanke der russische Panzergriff. Jedoch schwenkten zwei der T 34 herum. Erstaunlich schnell schoben sich die Stahlkolosse auf den Schützengraben von Bauers Gruppe zu. An den Panzerkanonen blitzte es auf. Feuerzungen und Pulverschmauch waberten am Rohr. Die abgefeuerten Granaten detonierten zwischen den russischen Infanteristen und dem Schützengraben.

Auch Rottenführer Förtsch waren die beiden Kampfwagen aufgefallen. „Panzer!", rief er so laut er konnte.

Majuschek reagierte schnell. „Komm mit!", stieß er aus und klopfte Kämmerer auf die Schulter. „Wir gehen ihnen entgegen", schob er nach, packte seinen Panzerschreck und lief los.

Kämmerer schnallte sich die Rückentrage um. Drei Granaten waren an ihr befestigt. Eine hatte Majuschek schon ins Rohr der Raketenpanzerbüchse eingeführt. Weitere fünf Granaten ließen sie an ihrem Platz liegen. Eilig folgte Kämmerer dem aus der Wehrmacht annektierten Panzerjäger. Geduckt hetzten sie den Graben entlang. Sie erreichten einen abzweigenden Gang, der sie in den benachbarten Schützengarben lotste. Ihre Lungenflügel pumpten wie verrückt. Kämmerer war kurz davor Seitenstechen zu bekommen. Jemand hockte am Boden. Es war ein Sanitäter. Der Samariter des Schlachtfeldes blickte erschrocken hoch, arbeitete jedoch unverdrossen an einem Verwundeten weiter, nachdem er die deutschen Uniformen erkannte. Während Majuschek weder dem Sanitäter, noch dem blutenden Kavalleristen Aufmerksamkeit schenkte, folgte Kämmerers Blick für den Bruchteil von Sekunden dem Geschehen auf dem engen Grabenboden. Der angeschossene Soldat sah blass aus. Er hatte einen Schuss durch beide Wangen erhalten, wobei auf der linken Gesichtsseite noch ein Stück des Unterkiefers durchschlagen worden war. Der Anblick war ekelhaft. Schnell wandte sich der Kämmerer ab. Nach weiteren zwanzig Metern war Majuschek stehen geblieben. „Hier ist es gut!", keuchte der Panzerjäger und warf einen schnellen Blick über den Grabenrand. Beide T 34 waren gerade mal etwas mehr als fünf- oder sechshundert Meter entfernt. Immer noch feuerten sie ihre

Bordkanonen ab. Im Schutz der beiden Panzer hielten sich mehrere Rotarmisten auf. Sie stürmten mit den Stahlkolossen nach vorn. Diese Symbiose der Zusammenarbeit sollte beiden Waffengattungen Schutz bieten.

Wumm

Eine der Panzergranaten krepierte irgendwo im Graben. Ausläufer der Druckwelle waren noch bei Majuschek und Kämmerer zu spüren. Glücklicherweise hatten sich die Splitter des Geschosses in die verwinkelten Grabenwände gebohrt. Kämmerer orientierte sich kurz. Der Einschlag war genau dort, wo zuvor der Sanitäter dem armen Kerl erste Hilfe leistete.

Majuschek hatte nur noch Augen für die Panzer. „Die verdammten T 34 nähern sich schnell!"

Drei Soldaten rannten durch den Graben. Es waren zwei MG-Schützen und ein Scharführer. Sie blieben ein paar Meter vor Majuschek und Kämmerer stehen. „Geht hier in Stellung!", pulverte der Scharführer und verschwand wieder, während die beiden anderen ihr Maschinengewehr über den Grabenrand schoben.

„Guter Feuerschutz für uns!", stieß Kämmerer aus.

„Sie werden das feindliche Feuer auf uns ziehen!", stellte Majuschek trocken fest.

Die beiden russischen Kampfwagen waren zwischenzeitlich in effektiver Reichweite des Panzerschrecks. Je mehr sich der Abstand zu den sich bewegenden Stahlkästen verringerte, desto bedrohlicher wirkten sie auf die bangenden deutschen Verteidiger. Die MG-Schützen feuerten die ersten Salven ab. Ein paar der Projektile klatschten gegen den Panzerstahl eines der beiden T 34. Zwei begleitende Rotarmisten verschwanden sofort hinter dem Koloss. Der Panzer ruckelte knirschend herum und änderte seine Fahrtrichtung. Die Bord-Maschinengewehre feuerten.

Rrrrt….ratatata

Majuschek visierte an. „Noch ein Stück … ein kleines Stück … komm her mein Freund", flüsterte er, während er im Ziel blieb. Der T 34 hatte die 200 Meter-Grenze unterschritten. Der Volksdeutsche wollte ihn bis auf 150 Meter herankommen lassen, damit die Raketenpanzerbüchse 54 wirkungsvoll eingesetzt werden konnte. „Sag den beiden MG-Schützen, sie sollen sich verdrücken! Wenn ich schieße, wird´s mordsmäßig qualmen!"

Kämmerer setzte den Wunsch des Panzerjägers sofort in die Tat um. „Haut ab!", brüllte er so laut er nur konnte, doch die beiden MG-Schütze hörten ihn nicht. Zumindest kam keine Reaktion. „Soll ich rüber laufen?"

„Zu spät! Er ist schon zu nah!"

Der russische Panzer hatte beschleunigt. Sein 12-Zylinder Dieselmotor arbeitete auf Hochtouren. In der kalten Novemberluft waren die Auspuffgase deutlich zu sehen.

Flatternde Mäntel waren zu erkennen. Die Rotarmisten hatte Mühe das Tempo mitzuhalten. „Urähh!", schallte es hinter dem Panzer hervor. Die Gruppe russischer Infanteristen, die den Kampfwagen als stählernen Schutzschild nutzten, schwärmte aus.

Der Schütze I wollte sein MG 42 herumschwenken, doch die in seiner Nähe einschlagenden Projektile aus den Bordwaffen des T 34 zwangen ihn in Deckung.

Majuschek visierte den Panzer durch das Sichtfenster seines Schutzschildes an. „Jetzt habe ich dich", murmelte er und drückte ab. Zischend verließ die 88 mm Rakete das Rohr. Der Treibsatz wuchtete das Sprenggeschoß zielgenau auf den rollenden Panzer zu. Der beim Abschuss entstandene dichte Qualm verriet die Stellung von Majuschek und Kämmerer. Das war die Achillesferse dieser panzerbrechenden Waffe.

Ein greller Blitz zuckte auf, als der Gefechtskopf seitlich am T 34 aufschlug und detonierte. Das tonnenschwere Fahrzeug zog eine dunkle Rauchschwade nach sich. Feuerzungen kletterten aus den Lüftungsschlitzen. Gerissene Kettenglieder wuchteten unter das Chassis, die Laufrollen drehten ins Leere. Der T 34 ruckelte stark angeschlagen auf der Stelle herum. Die Bordwaffen schwiegen für einen Augenblick. Die Besatzung musste Todesängste ausstehen.

„Nachladen!"

Nach einer kurzen Pause flackerte das Mündungsfeuer eines der Bord-MGs wieder auf. Quietschend drehte sich der Turm ein kleines Stück. Gleichzeitig wurde die Turmluke aufgestoßen. Majuschek beeilte sich, ging erneut ins Ziel und feuerte ein zweites Hohlladungsgeschoss ab. Die erste Qualmwolke hinter ihnen hatte sich noch nicht verzogen, als sich die zweite ausbreitete. Erste Geschosse pfiffen dem Panzerschreck-Schützen um die Ohren. Ihre Stellung war durch den starken Rauch endgültig verraten.

Wumm

Krachend detonierte der nächste Gefechtskopf zwischen Turm und Chassis. Dem ohrenbetäubenden Getöse folgten weitere Explosionen. Schreie erfüllten die Luft. Das Wrack des berstenden T 34 brannte lichterloh. Die beiden deutschen MG-Schützen brachten ihre Waffe wieder über den Grabenrand und feuerten abermals auf die anstürmenden Rotarmisten. Diese hatten sich beim Panzerabschuss zwar auf die Erde geworfen, verharrten aber nur wenige Augenblicke, sprangen auf und rannten weiter auf den Graben zu. Ihr Kampfruf erfüllte die Luft und ließ die Verteidiger abermals schaudern. „Uräääh!"

Majuschek und Kämmerer liefen im Schützengraben zurück. Sie mussten unbedingt ihre Stellung wechseln, wenn sie den zweiten Panzer ebenfalls abschießen wollten. Keiner der beiden Landser spürte in diesem Augenblick die Kälte des Tages. Sie waren schweißgebadet, als sie an den zerfetzten Leichen des Landsers mit Wangendurchschuss und seines Helfers vorbeikamen. Die vor kurzem eingeschlagene Panzergranate hatte deren Schicksal besiegelt. Soldatenstiefel traten in Blutlachen. Kämmerer zwang sich zum Wegsehen. Sein Blick heftete sich an den Rücken des vor ihm laufenden Majuschek. Binnen kürzester Zeit hatten sie den Laufgraben hinter sich gelassen. Sofort nach Erreichen ihres eigenen Schützengrabens stieg der Mann aus Siebenbürgen auf den Auftritt, schob den Panzerschreck über den Grabenrand und ließ den nach Sauerstoff ringenden Österreicher nachladen. Kämmerer klopfte Majuschek auf die Schulter. „Die Rakete ist im Rohr!"

Bundesarchiv, Signatur: Bild 101I-734-0013-11, Foto: Vorpahl

Keine Sekunde zu spät zischte das dritte Geschoß über das Schlachtfeld. Diesmal klang die Detonation eher blechern und war nicht so gewaltig wie die beiden Vorgängertreffer. Dennoch ruckelte der T 34. Scheinbar war das Treibrad der linken Seite beschädigt worden. Der Turm drehte sich. Noch bevor Kämmerer erneut nachladen konnte, detonierte die Granate des russischen Panzers vor dem Schützengraben. Erde und Steine prasselten auf die beiden deutschen Soldaten nieder. Der Splitterregen zwang sie in Deckung.

„Dieser verfluchte Abschussqualm!", schimpfte Majuschek.

„Hurra!", ertönte es von der rechten Flanke. Der dritte Zug der Schwadron war für einen Gegenstoß aus dem Graben gestürmt. Mit dem Mut der Verzweiflung rannten die Landser dem Feind entgegen.

Wumm

Eine zweite Panzergranate grub sich in die angefrorene Erde. Diesmal verfehlte sie den Graben nur um wenige Zentimeter. Die Bord-MG hämmerten zusätzlich pausenlos ihre Projektile aus den Rohren.

„Wir sitzen fest!", plärrte Kämmerer. Beide hatten sich an die Grabenwand gepresst.

„Weg hier!", antwortete Majuschek. Geduckt hastete er zurück zur Ausgangsstellung, wo sich Unterscharführer Bauer und die restliche Gruppe immer noch ein heftiges Feuergefecht mit russischer Infanterie lieferten.

Das „Hurra!" des Gegenangriffs übertönte den russischen Schlachtruf.

Wumm

Eine heftige Explosion ließ schwarzen Rauch in den Himmel schießen. Während die Besatzung des angeschlagenen T 34 sich auf die Panzerjäger konzentrierte, war es zwei todesmutigen Kavalleristen gelungen sich bäuchlings dem Koloss zu nähern und diesen mittels einer Geballten Ladung zu sprengen.

„Raus aus dem Graben, Männer!", brüllte Bauer. Der Unterscharführer hatte gesehen, dass sich Weberknecht mit der dritten Gruppe ebenfalls am Gegenstoß beteiligte. Ohne weiter nachzudenken, schob der Sachse ein neues Magazin in die MP 40, kletterte auf der Ausstiegsleiter aus dem Graben und stürmte dem Feind entgegen. Seine Gruppe folgte unverzüglich.

Reis gab mit dem MG 42 Feuerschutz. Salve um Salve wurde aus dem Rohr gejagt. Die Tarnuniformen der „Geyer" vermischten sich mit den erdbraun gekleideten Rotarmisten zu einem wabernden Gemenge. Alle 30 Patronen aus Bauers Magazin waren schnell verschossen. Der Sachse ließ die MP am Lederriemen nach unten baumeln und griff zu seiner mitgeführten Pistole 08. Der Gegenstoß hatte seine Wirkung nicht verfehlt. Der Feind war im Begriff sich zurückzuziehen. Nur noch vereinzelt wandten sich SS-Männer mit Russen am Boden. Kämpften Auge in Auge ums Überleben.

Förtsch schlug mit seinem Spaten einem Rotarmisten, der einen jungen Landser würgte, in den Rücken. Mit schmerzverzerrtem Gesicht ließ der mongolisch aussehende Kämpfer den unterlegenen Deutschen los, sprang mit einer Drehung hoch und stürmte direkt in den nächsten Spatenschlag, der eine klaffende Wunde am Hals des Russen verursachte. Blut sprudelte schwallartig hervor. Der Mongole sackte sterbend zusammen. Förtsch blickte sich hastig um. Nachdem kein Feind in der Nähe war, kümmerte er sich um den immer noch am Boden liegenden Kavalleristen, der zuvor von dem Russen gewürgt worden war. Bauer stand nur wenige Meter von dem Geschehen entfernt. Es waren die weit aufgerissenen Augen von Förtsch, die ihn warnten. Blitzschnell drehte sich der Sachse um, riss die 08 nach oben und drückte dreimal ab. Ein russischer Soldat, der mit einem zum Schlag erhobenem Gewehr auf den Unterscharführer losstürmte, zuckte zusammen. Alle drei Projektile schlugen in den Oberkörper des Angreifers. Bauer sprang instinktiv einen Schritt zur Seite. Sein Gegner machte noch zwei Schritte, wurde plötzlich aschfahl im Gesicht, taumelte und brach röchelnd zusammen. Der Gruppenführer war für einen Sekundenbruchteil geschockt. Ohne die Warnung des Rottenführers wäre er jetzt tot. Immer noch zielte er auf den reglos am Boden liegenden Feind. Nach ein paar Atemzügen normalisierte sich der Zustand des Unterscharführers wieder. Der Angriff war abgewehrt. Beißender Rauch, ausgehend von den ausbrennenden Panzerwracks, zog über das Schlachtfeld, brannte in den Augen oder schmerzte in den Lungen, wenn man ihn einatmete. Verwundete stöhnten. Sanitäter rannten zwischen den am Boden liegenden, sich vor Schmerzen krümmenden Leibern umher. Helfer mit Bahren hetzten heran. Der Gefechtslärm ebbte merklich ab. Schüsse fielen nur noch spärlich. Schließlich kehrte eine ungewöhnlich schaurige Ruhe ein. Man spürte auf einen Schlag die Kälte des nahenden Winters. Gänsehaut überzog

viele Körper. Versursacht wurde sie in den seltensten Fällen von der niedrigen Temperatur. Es war das Schreckensbild nach der Schlacht, das den Männern zusetzte. Es war der Moment, in dem die Anspannung von ihnen abfiel; die Todesgefahr vorübergehend gebannt war.
    Die Züge sammelten sich.
    „Das war verdammt eng!"
    Bauer stand neben Förtsch. Die Uniform des Rottenführers war blutverschmiert. Rote Sprenkel verteilten sich auch über das Gesicht des Soldaten. Förtsch bemerkte den Blick seines Gruppenführers. „Das ist nicht von mir", winkte er ab. „Ich bin unversehrt geblieben."
    „Wo sind die anderen?"
    Nach und nach war die Gruppe wieder versammelt. Bauer atmete auf, als er feststellte, dass es keine Ausfälle gab.

    Die 8. SS-Kavallerie-Division, die neben der 12. ungarischen Infanterie-Division kämpfte, war genau im richtigen Moment am äußeren Verteidigungsring von Budapest eingetroffen. Ihre Kampfkraft hatte den Sturmlauf des Feindes vorerst gebremst.
    Die vom sowjetischen 2. mech. Gardekorps eroberten Ortschaften Monor und Vecsés konnten noch am gleichen Tag von den deutsch-ungarischen Truppen zurückgewonnen werden. Ebenso bedeutend war die Abwehr des parallel durchgeführten russischen Panzerangriffs.
    Ein sofortiger Gegenstoß der 1. und der 13. Panzer-Division brachte die Rote Armee kurzfristig in sogar Schwierigkeiten. Dunaharaszti und Gyál mussten von den Sowjets wieder geräumt werden, da eine Einkesselung durch deutsche Truppen drohte. Lediglich der Frontabschnitt der 22. Freiwilligen-SS-Kavallerie-Division, die vorwiegend aus unausgebildeten Zwangsrekrutierten bestand, konnte durchbrochen werden. Den zur Hilfe eilenden ungarischen Fallschirmjäger gelang es jedoch die Einbrüche auch dort abriegeln, sowie den Feind nach harten Kämpfen zurück zu drängen.
    Aufgrund der erlittenen hohen Verluste musste die 2. Ukrainische Front die Angriffe auf Budapest am 5. November 1944 vorerst einstellen. Stalin beorderte daraufhin weitere Kräfte aus der 4. Ukrainischen Front nach Budapest. Mit der ebenfalls anrückenden 3. Ukrainischen Front, rollte eine nunmehr 156.000 Mann starke Übermacht an Soldaten, auf die 70.000 Verteidiger der ungarischen

Hauptstadt zu. An Panzern und Geschützen herrschte seitens der Roten Armee eine fünffache Überlegenheit.

Nach dem erfolgreich abgewehrten Angriff keimte die Hoffnung auf, dass es im Frontabschnitt der „Geyer" vorerst ruhig bleiben könnte. Schnell war jedoch klar, dass diese Wunschgedanken nicht erfüllt wurden. Zwar rollte noch keine Großoffensive auf die Einheit der Waffen-SS zu, doch um die Vororte Budapests wurde auch weiterhin heftig gerungen. Die Kampfhandlungen verlagerten sich zunächst auf die Dörfer in strategisch wichtigen Lagen. Die kleinen Ortschaften wurden mehrfach von sowjetischen Panzer- und Infanterieeinheiten eingenommen, von den deutsch-ungarischen Truppenverbänden zurückerobert und gingen wieder verloren. Der Ausbau der Grabensysteme in diesen Gebieten wurde beiderseits akkurat vorangetrieben. Unter den Männern ging zeitweise das Gerücht um, dass Budapest ein neues Verdun werden könnte und damit zur Wiedergeburt der Höllenpforte des letzten Weltkrieges mutierte.

Die Schwadron, zu der Untersturmführer Weberknechts Zug gehörte, wurde am vierten Tag nach ihrer Ankunft aus dem Schützengaben herausgelöst. Völlig übermüdet, förmlich am Ende ihrer Kräfte, schleppten sich die Landser der Schwadron in die zugewiesenen Unterkünfte. Die meisten Bewohner der kleinen Dörfer hatte man längst evakuiert. Nur wenige waren zurück geblieben. Vornehmlich handelte es sich um die Alten, die ihre Häuser nicht verlassen wollten. Bauers Gruppe wurde ein Haus am Rande des Dorfes zugewiesen. Es war landestypisch aus Lehmziegeln erbaut. Sie hielten im Sommer die ungarische Hitze ab und isolierten im Winter die Wärme. Der große Garten war mit jeder Menge Obstbäume bewachsen. In einem kleinen Anbau, der als Stall diente, meckerten ein paar Ziegen. Auch in Bauers Unterkunft war das Besitzerehepaar geblieben, ließ Haus und Hof nicht im Stich. Argwöhnisch, mit ungebrochenem Stolz in den Augen, betrachteten die beiden Bewohner die zwangseinquartierten deutschen Soldaten.

„Guten Tag!", grüßte Bauer höflich. Der Unterscharführer hoffte sich irgendwie verständlich machen zu können.

Ohne ein Wort zu sagen, trat das Ehepaar zur Seite. Im Haus war es warm. Das Gebäude schien sehr alt zu sein, dennoch wirkte es gepflegt. Im Eingangsbereich befand sich eine offene Kochstelle. Die

Wände um das gemauerte Teil waren rußgeschwärzt. Nächst der breiten Esse baumelte ein zum Räuchern aufgehängter Schinken. Der Fußboden war steinern. Eine schmale Holztreppe führte nach oben. Auf der Kochstelle brannte ein Feuer. Aus dem großen Kessel, den man mit einem Schwenkarm sowohl über das Feuer, als auch zur Seite hieven konnte, dampfte es. Es war warm, roch leicht muffig, aber nicht unangenehm.

„Sprechen Sie deutsch?"

Die Alte schüttelte mit dem Kopf. Der Hausherr hingegen nickte. „Ich habe im letzten Krieg für die österreichisch-ungarische Armee gekämpft. Ich war Gebirgsjäger in den Dolomiten", kam es mit hartem Akzent.

Bauer fiel ein Stein von Herzen. Es war ein Vorteil, wenn man die sich verständigen konnte. „Meine Gruppe wurde hier einquartiert. Wir werden Ihnen so wenig Umstände wie möglich machen!"

Wieder kam ein Nicken des Weltkriegs-Veteranen. „Wir haben Sie erwartet. Meine Frau hat *Paprikás krumpli* zubereitet."

„Aha!"

Der Alte sah das erstaunte Gesicht des deutschen Soldaten. „Das ist eine Art Kartoffeleintopf mit Paprika, kein *Gulyàs* und kein *Pörkölt*. Sie sagen dazu Gulaschsuppe und Gulasch. Wir hatten nicht so viel Fleisch für ein gutes *Gulyàs*."

Angenehm überrascht drehte sich Bauer zu seinen Männern um. „Benehmt euch! Die Leute hier sind äußerst nett. Wer von euch aus der Reihe tanzt, kann im Ziegenstall pennen!"

Die Frau betrachte die Soldaten anfangs stumm. Als sich ihre Blicke trafen, fuhr dem Soldaten urplötzlich ein Redeschwall entgegen. Allein an der Art und Weise wie sie sprach, wusste der Kavallerist, dass es nichts Gutes bedeutete. Achselzuckend sah der Unterscharführer den Hausherren an.

„Zsófia, meine Frau, sagt, dass Sie schmutzig sind und stinken!"

Bauer wurde augenblicklich an zu Hause erinnert. Auch seine Mutter würde der ganze Gruppe der Waffen-SS eine Standpauke halten und sie nicht die gute Stube betreten lassen. „Wir kommen direkt von der Front. Aus dem Schützengraben. Ich …"

Wieder zischte Zsófia ein paar ungarische Worte aus. Dann schob sie ein: „Draußen … waschen!" nach.

„Entschuldigung! Meine Frau sagt, dass sie sich draußen am Brunnen waschen sollen, bevor sie das Essen serviert. Vorher ...", der Ungar räusperte sich, „... vorher verbiet sie, dass ihre Leute sich ..."

„Schon gut", winkte Bauer ab. „Sie hat völlig recht. Auch im Krieg dürfen wir unsere Kinderstube nicht vergessen."

„Ich heiße László", stellte sich der sichtlich erleichterte Veteran namentlich vor. Scheinbar wusste er, dass in diesen Tagen Menschen bereits schon für wesentlich weniger, als nur ein paar zurechtweisender Worte erschossen worden waren. Er hatte es Zsófia vorher schon ein paarmal gesagt, doch seine Frau war eben seine Frau. Sie war resolut und kannte weder Freund noch Feind, wenn es um ihr Haus ging.

Der Gruppenführer stellte sich ebenfalls vor und nahm sogar Haltung an, was seinen Respekt ausdrücken sollte. „Unterscharführer Frank Bauer!"

Die Soldaten gingen nach draußen. Keiner wagte es zu murren. Trotz ihrer Müdigkeit begann sich die Gruppe zu waschen. Förtsch holte sogar sein Rasierzeug heraus. „Mich jucken diese Bartstoppel ohnehin."

Alle folgten seinem Beispiel.

„Mit der Alten ist nicht gut Kirschen essen", meinte Zubisch.

„Wenn das Paprika-Zeug so gut schmeckt, wie es riecht, ist mir das egal. Ich bin ganz froh, dass wir uns endlich waschen können. Der Grabengestank war sowieso nicht mehr auszuhalten. Außerdem sind wir immer noch so richtig läusefrei, das soll auch so bleiben!"

Trotz der Kälte wuschen sie sich mit blankem Oberkörper. Da ihre persönlichen Ausrüstungsgegenstände bereits an der Unterkunft abgestellt worden waren, konnten sich die Landser nach dem Waschen auch umziehen. Etwa eine halbe Stunde später stand die Gruppe wieder im warmen Eingangsbereich des alten Lehmziegelhauses. Diesmal wurden sie in die Stube geführt. Mittig auf einem klobigen Holztisch stand der noch immer dampfende Kessel mit dem traditionellen ungarischen Gericht. Für jeden waren ein Teller und ein Löffel aufgedeckt. Neben dem Kessel lag aufgeschnittenes Brot in einem Korb.

„Nach dem Essen zeige ich Ihnen die Räume. Wir können zwei Zimmer anbieten. Eines ist hier unten, das andere im Dachgeschoß. Die Zimmer gehörten unseren älteren Kindern, aber die sind schon sein ein paar Jahren weggezogen. Nur noch unser jüngster Sohn wohnt zu Hause, aber zur Zeit ist er in der ungarischen Armee. Wir wissen nicht, wo er sich momentan aufhält."

Frank Bauer nahm einen großen Löffel *Papriká krumpli*, schob ihn in den Mund und spürte, wie seine Geschmacksnerven förmlich explodierten. Die Komposition des gekochten Gemüse-Kartoffel-Eintopfes, gepaart mit angenehmer Schärfe, traf vollends den Geschmack des Deutschen. Die Müdigkeit war für einen Moment lang verdrängt. „Das ...", murmelte er mit vollem Mund, „... das ist einsame Spitze!"

Zum ersten Mal, seit sich die Landser im Haus der Ungarn befanden, huschte so etwas wie ein Lächeln über das Gesicht der Köchin.

„Unser Feldkoch ist zwar außerordentlich gut, aber an das hier kommt er nicht ran!", bestätigte Förtsch und holte sich schnell einen Nachschlag.

Lászlò stellte zwei Flaschen Tokajer auf den Tisch. „Mehr Wein habe ich leider nicht mehr."

Die Kavalleristen aßen auf, tranken den Wein und waren von der Gastfreundschaft ihrer Unterkunftsgeber stark beeindruckt. „Leute, wir müssen sammeln! Jeder gibt so viel er kann!", entschied Bauer und legte zwei Päckchen Tabak auf den Tisch.

Die Männer gingen zu ihren Sachen, kramten herum und holten das heraus, was sie verschenken wollten. Ein paar Minuten später war es das alte Ehepaar, das überrascht dreinblickte. Tabak, Zigaretten, Drops, Scho-ka-Cola und Dauerbrot waren ausgebreitet.

„Wenn wir uns von der Essensliste streichen lassen und statt dessen Fleisch und andere Dinge hierher bringen, würden Sie dann für uns kochen?", fragte Förtsch und erhielt dafür den Beifall seiner Kameraden.

„Wir müssen aller Voraussicht nach jeden zweiten Tag in den Graben!", erinnerte Bauer.

„Könnten Sie dann jeden zweiten Tag kochen?", setzte Förtsch sofort um.

Der Alte übersetzte, Zsófia nickte, blickte in die Runde der gespannt wartenden Soldaten und antwortete in ihrer Landessprache.

„Das ist kein Problem. Sie kocht gern", teilte ihr Mann den Männern mit.

Die Ungarin deutete auf den Haufen der schmutzigen und vor Dreck fast stehenden Uniformteile der Soldaten. Diesmal war es nur ein kurzer Satz, der über ihre Lippen kam. Ihr Ehemann übersetzte erneut. „Meine Frau kann das waschen."

„Sehr gern!"

Alle waren zufrieden. Sie saßen noch ein Weilchen zusammen, dann stand Zubisch als erstes auf. „Ich muss mich unbedingt hinlegen. Ich schlafe schon im Sitzen ein."

Die anderen folgten dem Beispiel. Bauer und Förtsch hatten als Dienstranghöchste je ein Bett zur Verfügung, für die anderen waren Strohlager hergerichtet, die jedoch nicht weniger bequem aussahen. Zum ersten Mal seit Tagen fanden die Kavalleristen ruhigen, erholsamen Schlaf.

Am nächsten Morgen gab es zum Frühstück Brot und Ziegenkäse. Dazu erhielt jeder ein gekochtes Ei. Untersturmführer Weberknecht hatte für den gesamten Vormittag Waffenreinigen und Instandsetzung der Ausrüstung angesetzt. Bauer nutzte die Gelegenheit. „Wenn ihr meine MP 40 reinigt, ziehe ich los und organisiere etwas für unsere Gastgeber. Die Pistole müsst ihr nicht putzen, ich nehme die 08 mit. Nur für alle Fälle!"

„Wenn du was Anständiges zum Futtern mitbringst, kannst du die 08 auch hier lassen."

Bauer schüttelte mit dem Kopf. „Ganz ohne Waffe fühle ich mich nicht so wohl. Die Pistole bleibt bei mir."

„Was sollen wir sagen wenn der Alte zur Stippvisite kommt?"

„Lasst euch was einfallen!", antwortete der Sachse, schlüpfte in seinen Mantel, setzte eine Kappe auf und verließ das Haus.

Gute drei Stunden später fuhr ein Kübelwagen vor. In Erwartung ihres Zugführers sprangen die Landser auf. Jeder hatte seine Ausrüstungsgegenstände fein säuberlich vor sich liegen. Ein Appell konnte bedenkenlos durchgeführt werden. Förtsch hatte sich auch schon eine Ausrede für Bauers Fehlen ausgedacht. Er trat vor die Tür. Der Rottenführer wollte seinem Zugführer eine ordentliche Meldung hinpfeffern, doch statt dem erwarteten Weberknecht stieg Unterscharführer Bauer aus. Als er Förtsch sah, winkte er ihn zu sich her. „Du kannst mir tragen helfen!"

Der Rottenführer machte zwei Schritte nach vorn, dann blieben ihm die Worte im Hals stecken. Gebannt starrte er auf das, was Bauer organisiert hatte. Förtsch wirkte wie versteinert, nachdem er auf Dinge blickte, die er seit Ewigkeiten nicht mehr gesehen hatte. Auf dem

Rücksitz des Kübelwagens lagen Speck, Fleisch, diverse Konservendosen, sechs Flaschen Wein, Zigaretten, sieben Kommissbrote, Marmelade und Butter. Die Krönung des ganzen war jedoch ein kleines Fass Bier. „Du hast irgendwo geklaut! Anders ist das nicht möglich!"

Bauer tat ziemlich belanglos. „Ich habe nur ein paar Gefallen eingelöst. Ewig kann man das Zeug auch nicht mit herumschleppen", kam es in der üblich schnoddrigen Art. „Am Ende fällt einer meiner Schuldner und nimmt den Gefallen mit ins Grab", grinste er. „Ach ja, heute Nachmittag kommt der Friseur zu uns!"

„Du spinnst!"

„Nee, der war mir auch was schuldig! Jetzt macht er einen Hausbesuch!"

„Wann müssen wir eigentlich wieder raus?"

„Das ist der Haken an der Sache."

„Ich habe gewusst, dass etwas faul daran ist."

„Das hat mit meinem Organisationstalent nichts zu tun. Der Haken ist, dass wir heute zwar nicht zurück in den Graben müssen, aber wir können auch das Zeug nicht vernichten", deutete er auf Wein und Bier.

Die Enttäuschung im Gesicht des Rottenführers war unverkennbar.

„Wir müssen raus ins Feld. Stoßtrupp! Der Russe hat sich fünf Kilometer von hier in einem Dorf eingenistet. Dort waren ursprünglich unsere Pioniere und eine Nachrichteneinheit untergebracht. Die Einsatzbesprechung findet am späten Nachmittag statt. Bis dahin haben wir Pause!"

„Also...", holte Förtsch aus, „...heute Nacht ziehen wir ins Gefecht. Wann müssen wir dann wieder in den Graben?"

„Keine Ahnung! Wenn wir Pech haben schon morgen Abend, wenn wir Glück haben, können wir uns nach dem Stoßtruppunternehmen noch ein oder zwei Tage Ruhe gönnen. Unser Schwadrons-Chef hat da seine eigene Philosophie."

„Beeilt euch mal, ich muss pünktlich beim Gefechtsstand vom Alten sein", trieb sie der Fahrer des Kübels an.

Nachdem alles ausgeladen und auf dem großen Tisch im Haus abgelegt worden war, kam Zsófia herein. Mit weit aufgerissenem Mund stand die Ungarin fassungslos vor den Dingen, die Bauer organisiert hatte. Auch von den anderen Landsern auf die Herkunft angesprochen, schwieg sich der Gruppenführer jedoch weiterhin beharrlich aus. „Geklaut ist es nicht, also fragt nicht weiter nach!"

Sie hatten aufgerüstet und waren gefechtsfertig angetreten. Die Pferde blieben in den Stallungen. Fußmarsch war angesagt. Der Schwadronsführer stellte sich vor die im Karree stehende Mannschaft. „Lange Rede, kurzer Sinn, meine Herren. Wir greifen auf ganzer Breite an. Unsere Schwadron übernimmt die rechte Flanke. Neben uns werden Panzerjäger vorstoßen. Obersturmführer Konrad sagte, dass sie mit drei Hetzern angreifen. Die zweite und dritte Schwadron sind gemeinsam mit Sturmpionieren links der Panzerjäger eingesetzt. Auf eine Vorbereitung durch unsere Artillerie wird verzichtet! Wir setzen auf Überraschung! Abmarsch ist ...", der Schwadronsführer sah auf seine Armbanduhr, „... in genau zwanzig Minuten!"

Bauer zog den Lederriemen seines Stahlhelmes unter dem Kinn fest. Förtsch, Zubisch und Majuschek rauchten eine letzte Zigarette. „Panzerjäger hin oder her, du nimmst auf jeden Fall das Ofenrohr mit! Weberknecht hat seinen Segen dazu gegeben", hatte Bauer dem ehemaligen Wehrmachts-Panzerjäger vorm Antreten mitgeteilt. Kämmerer war wieder als zweiter Mann und Ladeschütze eingesetzt. Die Trage mit Granaten stand vollbepackt neben ihm.

„Wenn wir uns an die ersten Häuser heranpirschen, haltet die Köpfe unten. Der Russe hat entweder Kanonen, Panzer oder Scharfschützen postiert."

„Heute Nacht hat es gefroren. Wenn wir uns einbuddeln müssen, wird das ein hartes Stück Arbeit", sagte Poporski. „Warum ist dieses Nest so wichtig?"

„Weil es höher liegt. Von dort aus kann man die Straße Budapest-Cegléd kontrollieren."

Der Abmarsch erfolgte auf die Minute genau. Die verstärkte Kavallerie-Brigade näherte sich von drei Seiten ihrem Ziel. Während an der linken Flanke bereits erste Salven zu hören waren, konnte sich die 1. Schwadron noch ohne Feindbeschuss im geschlossenen Sprung nähern. Sie keuchten, die Lungenflügel verlangten nach Sauerstoff. Die Luft war klar und kalt. Sprung auf! Marsch, marsch! Runter! Warten. Deckung geben! Dann folgte wieder das: Sprung auf! Marsch, marsch! Je näher sie den Häusern kamen, desto unwohler fühlten sie sich. Von den neben ihnen eingesetzten Hetzern sahen sie nichts. Vermutlich wurden die Jagdpanzer noch bewusst zurück gehalten um dem Infanterieangriff nicht allzu frühzeitig zu verraten. Es kam was kommen musste. Der Feind begann mit seinem Abwehrfeuer. Erste Garben eines leichten russischen Maschinengewehrs zischten dicht über den Köpfen der Angreifer hinweg.

Untersturmführer Weberknecht trieb seinen Zug an. „Vorwärts!", brüllte er so laut er nur konnte, sprang auf und lief los, während der zweite Zug Feuerschutz gab. Das Rattern eines MG 42 ließ das russische Degtjarjow DP 1928 erst einmal schweigen. Der deutsche Schütze I jagte seine Salven genau auf die Stellung seines sowjetischen Gegenübers. Leuchtspurmunition, die in jeder siebten Lasche des Gurtes steckte, wies die Schussrichtung an.

„Lauft!", bellte Förtsch.

Kämmerer und Majuschek spürten die Last der Raketenbüchse 54, bzw. der dazugehörigen Granaten. Die Ausrüstung schien mit jeder Minute schwerer zu werden. Reis packte sein Maschinengewehr, in dem eine Gurttrommel eingesetzt war, und folgte seinen Nebenmännern. Zehn Meter, fünfzehn Meter, zwanzig Meter wurden zurückgelegt, dann schoss das russische lMG wieder. Untersturmführer Weberknecht lief direkt in die Salve des Degtjarjow. Mehrere Projektile durchschlugen den Körper des Offiziers. Blut spritzte aus einer zerfetzten Arterie, der Mund war zum letzten Schrei aufgerissen, doch kein Ton kam über die Lippen des Sterbenden. Die Maschinenpistole fiel auf die Erde, der Zugführer taumelte noch ein paar Schritte, dann sackte er zusammen. In unnatürlich verrenkter Haltung blieb er tödlich getroffen auf dem ungarischen Boden liegen.

Bauer sah seinen Vorgesetzten fallen. Der Sachse wusste sofort, dass jede Hilfe zu spät kam. Es war von jetzt an nicht nur das Adrenalin in seinem Blut, das ihn weiter nach vorn trieb. Unbändige Wut kam hinzu. Der Verlust des beliebten und von allen respektierten Zugführers schmerzte, doch sie mussten erst das Dorf von den Rotarmisten befreien, bevor sie trauern konnten.

„Hurra!", stieß er wütend aus. Es half ein wenig. Die Wut musste hinaus geplärrt werden. Er musste den Schmerz von seiner Seele brüllen. „Hurraaaaa!"

Wumm

Eine Granate fetzte in die Außenwand des Hauses, aus dem der Lauf des Degtjarjow seine tödlichen Projektile ausspie. Fensterscheiben klirrten. Steinregen wirbelte herum. Als sich der Explosionsqualm verzogen hatte, klaffte ein Loch in der Lehmziegelmauer. Das russische Maschinengewehr schwieg. Motorenlärm war zu hören. Die Hetzer griffen an und sorgten für Entlastung. Das permanente Feuer aus den deutschen Maschinengewehren hielt den Gegner nieder. Sie erreichten die ersten Häuser. Handgranaten wurden aus Koppeln, Taschen oder Beuteln gezogen. Ein angsteinflößendes Pfeifen erfüllte die Luft. Höllensturmartig zischten mehrere Raketen in die Höhe.

„Stalinorgeln!", ging es durch die Reihen. Die explosiven Gefechtsköpfe schlugen zwischen den Panzerjägern und der 1. Schwadron ein. Oberscharführer Willensen, der Zugtruppführer, hatte zwischenzeitlich das Kommando übernommen. Der alte Haudegen war von Beginn des Krieges an dabei und wurde ebenfalls von jedem respektiert. Seine sonore Stimme war unüberhörbar. Sogar als die zweite Salve von den Katjuschas abgeschossen wurde, konnte man ihn noch verstehen.

„Die Hetzer sollen vorpreschen! Wir müssen die Häuser links und rechts dieser Straße so schnell wie möglich unter Kontrolle bringen. Bauer! Du nimmst das da drüben! Gruppe Jablonski, ihr schnappt euch das Nachbarhaus! Die dritte Gruppe folgt mir! Vorwärts!"

Der Oberscharführer ließ erst gar keine Zeit zum Nachdenken aufkommen. Der Zug stürmte auf die vorgegebenen Ziele zu. Gewehr- und Maschinenpistolenfeuer peitschte ihnen entgegen.

„Runter! Menschenskind!", warnte Bauer den vorauseilenden Poporski, doch der Volksdeutsche hörte seinen Gruppenführer nicht. Zu spät setzte er zu einem Sprung in Deckung an. Zwei Treffer in die Seite ließen ihn aufschreien. Der Landser schlug hart auf. Leises Wimmern war zu vernehmen.

„Reis! Wir brauchen Deckung! Wo ist der Sani? Er soll sich um Poporski kümmern!"

Reis brachte sofort das MG 42 in Stellung und beharkte das Haus. Zubisch machte indessen einen Patronengurt klar. Die Gurttrommel war verschossen. Schnell zog der Schlesier das Gewehr zurück. Sofort wurde die Trommel entfernt und ein Gurt eingelegt.

„Wenn Reis schießt, greifen wir an! Majuschek, du bleibst hier! Kämmerer, du stellst das Tragegestell mit den Granaten lieber ab. Wir brauchen dich. Du kommst mit!"

Der Schütze I am Maschinengewehr begann damit die Fenster ihres Zielanwesens mit kurzen Garben einzudecken. Bauer stürmte los. Sie mussten die unbefestigte Seitenstraße überqueren, sowie einen ausladenden Garten durchkreuzen, um an das Gebäude heran zu kommen. Erste Handgranaten detonierten. Dumpf waren die Explosionen zu hören. Die Stalinorgeln feuerten immer noch. Das Jaulen und Fauchen ihrer Raketen zermürbte zusehends die deutschen Kavalleristen. „Es müssen zwei Fahrzeuge sein", schoss es beiläufig durch Bauers Unterbewusstsein. Etwas Heißes schwirrte an seiner Wange vorbei. Gewehrkugeln verfehlten ihn nur knapp. Beim Überqueren der Straße wurden sie zusätzlich aus einem der Nachbaranwesen beschossen. Majuschek überlegte nicht lange. Er visierte mit seinem Panzerschreck das betreffende Haus an und drückte ab. Die einschlagende 88 mm Granate verfehlte ihre Wirkung nicht.

Der russische Schütze stellte das Feuer ein. Abschussqualm hüllte die Männer ein. Er löste sich nur zaghaft im Wind auf. Es ging weiter. Die Gruppe erreichte ohne weitere Ausfälle das Gartengrundstück. Bauer war zufrieden. Keuchend verschaffte er sich einen kurzen Überblick. „Los!", befahl der Sachse. „Verteilt euch! Nicht auf einem Haufen bleiben!"

Reis übernahm die Rückendeckung seiner Kameraden. Immer wenn ein Gewehrlauf an einem der Fenster zu sehen war, blitzte Mündungsfeuer am Rohr des MG 42 auf, wurden leere Hülsen ausgeworfen und todbringende Projektile dem Feind entgegen geschickt. Immer wieder zwang der deutsche MG-Schütze den Gegner in Deckung.

„Wir müssen jetzt noch dort rüber! Fertig?"

Stummes Nicken und Handzeichen zeigten die Bereitschaft an.

„Bauers Faust schoss zweimal nach unten! Das taktische Zeichen für marsch-marsch! Sie liefen so schnell sie konnten. Rannten, als ob der Teufel persönlich hinter ihnen her wäre. Das graue Dämmerlicht des sich verabschiedenden Tages wurde von der einsetzenden Dunkelheit abgelöst. Das bizarre Leuchten und Flackern der einschlagenden Raketen und Granaten verschmolz ineinander. Wo es zu sehen war, kehrte Tod und Zerstörung ein. Bauer erreichte die Hauswand. Reis stellte das Feuer ein. Er sprang auf und wechselte die Stellung. Der Schütze II folgte. Förtsch, Meggerle und Kämmerer kamen ebenfalls unverletzt an der Hauswand an. Bauer hielt eine Stielhandgranate in den Händen. Per Zeichensprache deutete er an in welches Fenster er sie werfen würde. Zudem signalisierte er, dass Kämmerer bei ihm bleiben sollte, und um welches Fenster sich Förtsch und Meggerle zu kümmern hatten.

Wortfetzen in russischer Sprache waren zu verstehen. Die Sowjets feuerten scheinbar ziellos durch die Fenster. Obwohl keinen Feind sahen, jagten sie immer wieder blindlings ein paar MP-Salven in den Garten. Das verstummte deutsche Maschinengewehr schien die Rotarmisten verunsichert zu haben. Sie suchten den Gegner, spürten vielleicht die Gefahr.

Es war soweit. Der Unterscharführer zog die Abreißleine, wartete zwei Sekunden und warf die Handgranate durch eine der zerschossenen Fensterscheiben ins Haus. Das Poltern beim Aufschlagen des Sprengkörpers löste in dem Raum Panik aus. Angstschreie gingen in der Detonation unter. Kurz darauf krepierte eine zweite Handgranate. Beißender Explosionsqualm wurde aus den kaputten Fenstern gedrückt.

„Rein!", stieß Bauer aus, rannte an der Hauswand entlang, trat gegen die Eingangstür und stürmte in das Gebäude. Im ersten Moment musste sich der Unterscharführer an die schlechten Lichtverhältnisse gewöhnen. Der Raum war von Pulverdampf gefüllt. Das Atmen fiel schwer. Die MP 40 war einsatzbereit. Der rechte Zeigefinger lag am Abzug. „Kommt raus! Rucki werch!"

Keine Antwort. Er ging weiter in das Haus hinein und stieß mit dem Stiefel gegen einen am Boden liegenden Widerstand. Kämmerer stand hinter dem Unterscharführer. Förtsch und Meggerle sicherten immer noch von außen ab. Der Gruppenführer nahm die linke Hand von der Waffe und kramte seine Taschenlampe hervor. Im fahlen Lichtkegel der Lampe bot sich ein düsteres Schreckensbild. Zerfetzte Leiber lagen herum. Bauer stand im Blut der toten Russen. Einem Rotarmisten hatte es die Bauchdecke aufgerissen. Gedärme quollen heraus. Ein warmer, ekelerregender Gestank breitete sich aus. Kämmerer musste würgen, drehte sich augenblicklich um, rannte ins Freie und übergab sich. Förtsch trat ein. Gemeinsam mit Bauer durchsuchte er die Räume. Im ersten Stock machten sie eine grausige Entdeckung. Auch hier waren die Eigentümer zu Hause geblieben. Die Kavalleristen fanden ihre Leichen. Die Frau hatte ungefähr Zsófias Alter, so um die siebzig Jahre. Dennoch war sie von den russischen Soldaten vergewaltigt worden. Ihr nackter Körper lag auf dem Boden. Mehrere Einschüsse waren zu sehen. Möglicherweise waren es Projektile aus dem deutschen Maschinengewehr, vielleicht auch die Garbe aus einer russischen Maschinenpistole PPSch-41. Ihr Ehemann befand sich ebenfalls in dem Raum. Er war mit einem Kopfschuss hingerichtet worden. Rotarmisten wurden nicht mehr entdeckt. Geschockt verließen die Kavalleristen der „Geyer" das Anwesen.

Zwei große Detonationen waren zu hören. Weiter hinten, außerhalb der Ortschaft, flackerte es rot-orange auf. „Das hat ordentlich gerumst!", bemerkte Förtsch.

„Könnten die Stalinorgeln gewesen sein!"

Sie waren es. Mit Begleitung der zweiten Schwadron hatten sich die Hetzer bis zu den amerikanischen Studebaker Lastwagen, auf denen die Werferrahmen der Katjuschas montiert waren, vorgekämpft und diese abgeschossen. Die dritte Schwadron überrannte derweilen die schwache russische linke Flanke, während die erste Schwadron immer noch um die letzten Häuser am Ortsrand rang.

Der Überraschungsangriff war ein voller Erfolg, der maßgeblich darauf beruhte, dass die Sowjets ihre kampfstarken T 34 vor dem Angriff der 8. SS-Kavallerie-Division abgezogen hatten.

Der schwer verwundete Poporski wurde unverzüglich nach Budapest gebracht und dort sofort notoperiert. Weberknecht erhielt, ebenso wie die anderen siebzehn Gefallenen, ein schlichtes Soldatengrab im Raum Üllő.

Als die Gruppe am Nachmittag des nächsten Tages in ihre Unterkunft zu László und Zsófia zurückkehrten, war die Stimmung leicht gedrückt. Nicht einmal der herrliche Duft, der von der Kochstelle aus durch das ganze Haus strömte, konnte die Laune der Landser aufhellen. Es gab Pörkölt, das echte ungarische Gulasch. Erst als László gemeinsam mit Frank Bauer das Bierfass anstach und der Gerstensaft schaumig weiß in die Gläser schoss, erwachten die Männer aus ihrer Lethargie.

„Zum dritten Mal binnen kürzester Zeit gibt es Gulasch. Eigentlich bin ich davon überfressen, aber dieses hier ist mit keinem anderen zu vergleichen", lobte Meggerle. „Das Fleisch zerfällt auf der Zunge, so zart hat es unsere Köchin hinbekommen."

„Außerdem schmeckt so ein Gulasch erst mit einem Glas Bier richtig gut", donnerte Förtsch dazwischen. Der Rottenführer hob sein Glas: „Auf unseren Untersturmführer! Lasst uns zur letzten Ehre noch einmal auf Weberknecht anstoßen!"

„Auf Weberknecht!", kam es im Chor.

Nach dem zweiten Glas wurde schon wieder gelacht. Die Soldaten der Waffen-SS hatten es im Laufe des Krieges längst gelernt, den

Verlust eines guten Kameraden oder Vorgesetzten schnell zu verkraften. „Wer heute neben dir reitet, kann morgen schon im Grab liegen!", wurde den Kavalleristen gelehrt, die in Kroatien neu zur Einheit stießen.

In den nächsten Wochen änderte sich nicht allzu viel. Zwei Tage lagen sie im Graben, einen Tag durfte die Schwadron in ihren Unterkünften verbringen. Die Symbiose, die Bauers Gruppe mit Zsófia einging, funktionierte sehr gut. Die alte Frau kochte und wusch für die Reiter. Im Gegenzug versorgten diese den Haushalt mit allem, was sie organisieren konnten.

Die Kämpfe um das stark belagerte Budapest nahmen nicht ab. Immer wieder gelang es Kräften der Roten Armee näher an die Stadt heran zu rücken, die deutsch-ungarischen Linien aufzubrechen und den Ring enger zu schließen.

Nachdem Adolf Hitler am 1.12.1944 die ungarische Hauptstadt per *Führerbefehl* zur Festung erklärte, lag die Hoffnung der deutschen Truppen einzig allein auf Entsatz von außen. Viele glaubten, dass weitere starke Truppenverbände nach Budapest nachgeführt werden würden, um die Rote Armee hier vernichtend zu schlagen.

Ein neuer Offizier kam zur Schwadron. Er übernahm den Zug des gefallenen Untersturmführers Max Weberknecht. Der junge Zugführer hieß Benno von Leipheim und war Absolvent einer Napola, der seine ersten Fronterfahrungen in Italien gesammelt hatte. Von Leipheim war schlank, hatte eine Fistelstimme und überspielte dieses kleine Manko durch besondere Härte den Männern gegenüber. Der Untersturmführer war schon nach kürzester Zeit unbeliebt. Er gehörte zu der Sorte Soldat, die immer noch felsenfest an den deutschen Endsieg glaubte. Zudem gierte er nach Ruhm und Auszeichnungen.

„Wenn der Junge nicht mit wenigstens dem Eisernen Kreuz nach Hause zurückkehrt, ist dessen gesamte Familie entehrt", lästerte Förtsch ab. Die Besorgnis des Rottenführers wuchs stetig an. Er hatte Angst vor Menschen mit „Halsschmerzen", wie die Landser zu den Ordensjägern sagten. Insbesondere waren sie gefährlich, wenn sie Vorgesetzte waren. Dann bestand die Gefahr, dass die nach Ruhm und Auszeichnung strebenden Unterführer oder Offiziere ganze Gruppen, Züge oder Schwadronen in den sicheren Tod führten. Förtsch schüttelte den Kopf. „… und alles nur wegen ein bisschen Blech", murmelte er leise.

Auch Bauer mochte den neuen Vorgesetzten nicht sonderlich. Für die schulmeisterliche Art, die von Leipheim an den Tag legte, fehlten diesem sowohl die Erfahrung, als auch die Ausstrahlung und erst recht die von allen anerkannte Autorität.

„Warte nur bis der Entsatz da ist. Wenn es wieder nach vorn geht, werden wir uns vor Freiwilligen-Einsätzen nicht mehr retten können", erwiderte Bauer. Kaum ausgesprochen, haderte der Unterscharführer mit sich selbst. Keiner von ihnen glaubte wirklich daran, dass es jemals wieder nach vorn, also Richtung Moskau, ging.

Die Verstärkung, die von allen sehnlichst erhofft wurde, traf nicht ein. Stattdessen wurden immer mehr Durchhalteparolen ausgegeben. Noch waren sie nicht komplett eingekesselt, noch funktionierte die Versorgung soweit reibungslos, dass genügend Proviant und Munition zur Verfügung stand. Zumindest kam dies dem einfachen Landser so vor.

Obwohl der Druck der Roten Armee auf die belagerte Stadt unentwegt vorhanden war, wurde Budapests Zivilbevölkerung nicht evakuiert. Trotz der sich fortsetzenden Zerstörung der ungarischen Metropole durch sowjetische Artillerie und Alliierte Bomberangriffe blieben rund 800.000 Einwohner in der Stadt. Als sich die bevorstehende Katastrophe eines militärischen Kessels abzeichnete und jeder fürchtete, dass Budapest ein zweites Stalingrad werden könnte, war es für eine Evakuierung zu spät. Wer sich im Umschließungsring befand, kam nicht mehr hinaus. Warum die Budapester Bevölkerung nicht die Flucht ergriff, konnte von den Soldaten, die sich im Kessel befanden, keiner nachvollziehen. Möglicherweise täuschte die aufkommende vorweihnachtliche Stimmung über die bedrohliche Gefahr hinweg, die vor den Toren der alten Donau-Metropole lauerte.

Lediglich in den Vororten und am Stadtrand Budapests bereitete man sich auf das Schlimmste vor. Hier wurden Panzergräben ausgehoben, sämtliche Ein- und Ausfallstraßen, insbesondere die Großen, befestigte man. Kanonenrohre zeigten aus verdeckten Stellungen auf etwaige Ankömmlinge, MG-Nester kontrollierten die Zufahrtsstraßen. Spanische Reiter waren massenhaft aufgestellt. Schilder wiesen auf Minenfallen hin. Sandsäcke türmten sich an jeder wichtiger Straßenkreuzung. Durch großangelegte Grünflächen oder

Parks zog man Gräben und Stacheldrahtverhaue. Man setzte den Befehl des Führers um. Budapest wurde zur Festung ausgebaut.

Es lag Schnee. Minutenlang war bei jedem ihrer Schritte nichts als Knirschen zu hören. Sie marschierten zurück zur Unterkunft. Entsprechend der Witterung trugen die SS-Männer die Winterseite ihrer Tarnwendejacken außen. Die Hosen hatten sie allerdings noch nicht gewendet. Bauers Gruppe war, wie die gesamte Division, nicht einheitlich ausgestattet worden. Die Tarnfarben wichen je nach Ausgabezeitpunkt voneinander ab. Manche trugen „*Eichenlaub*", andere „*Erbsentarn*".

„Morgen ist Weihnachten, Kameraden. Glaubt ihr, der Russe lässt uns in Ruhe feiern?", unterbrach Majuschek die drückende Stille.

„Falsch! Morgen ist Heiligabend. Weihnachten, wie du es meinst, ist am Weihnachtstag", verbesserte Kämmerer. „Das ist nicht nur in Österreich so, sondern gilt für die ganze Welt!"

„Heiligabend hin, Weihnachtstag her. Ich hoffe, Zsófia kocht uns eine dicke, fette Weihnachtsgans!"

„Die wird nicht gekocht, sondern gebraten!"

Entnervt von Kämmerers Zurechtweisungen ging Majuschek einen Schritt schneller und gesellte sich zu Bauer und Förtsch. Nach weiteren zehn Minuten Marsch erspähte der Volksdeutsche ihre Unterkunft. Aus dem Kamin des Hauses stieg heller Rauch nach oben und signalisierte angenehme Wärme. Da sie aus den Stellungen zurück kamen, sehnten sich die Soldaten nach den Kochkünsten der Ungarin, sowie ihren Schlafstellen im warmen Haus.

Seit einer Stunde bildeten sie offiziell die Brigade-Reserve, was nichts anderes bedeutete, als dass sie jetzt mit Schlafen, Reinigen der Uniformen, Körper- und Waffenpflege an der Reihe waren.

Die Meldungen der letzten Tage waren mehr als beunruhigend. Scheinbar war der Russe an der Margareten-Linie durchgebrochen. Ihr neuer Zugführer hatte es ihnen vor dem Abrücken mitgeteilt. In Untersturmführer von Leipheims Augen lag ein ungewohnt heller Glanz während er berichtete, dass der Iwan lediglich zwischen Vecsés und Pécel die Attila-Stellung noch nicht durchbrochen hatte. Es war der Blick, vor dem sich Bauer und Förtsch fürchteten. Später griff Bauer das Thema noch einmal auf. „Ich habe sogar gehört, wie er dem Chef einen Gegenstoß vorgeschlagen hat, und sich als Führer anbot", fuhr Bauer ernüchternd dazwischen.

„Was hat der Alte dazu gemeint?"

„Was wohl? Du kennst doch den Schwadronsführer! Er meinte, wir sollen uns erst mal in der Reserve richtig gut ausschlafen. Wer weiß, wie lange das vorhalten muss!"

„Das hört sich alles gar nicht gut an."

„Leipheim hat das auch nicht so richtig gefallen."

„Der neue Zugführer nervt mit seinen ständigen Waffenappellen. Ich glaube, er würde am liebsten sofort eine Geländeübung abhalten!"

„Dann würde ich ihn eigenhändig erwürgen!", presste Majuschek aus, der zu Bauer und Förtsch aufmerksam zugehört hatte. Er deutete danach auf das kleine Gehöft. „Wir sind da! Endlich!"

Die Landser wurden von ihren ungarischen Gastgebern höflich begrüßt. Zsófia zählte durch und zeigte sich zufrieden, weil diesmal alle gesund zurückgekehrt waren. Längst hatte sich aus der Zwangslage der Zimmerzuweisung eine Art Freundschaft entwickelt. Der Schlüssel hierfür war László, der sich mit den österreichischen Soldaten verbunden fühlte. Trug er doch im letzten Krieg deren Uniform. Der Ungar hatte etwas erfahren und besaß daher mehr Informationen als Bauer. Die neuen Nachrichten waren jedoch nicht zufriedenstellend. Daher wirkte das Gesicht des Weltkriegsveteranen, der einst für die österreichisch-ungarische Monarchie kämpfte, ähnlich versteinert, wie Zsófias Begrüßungsblick am ersten Tag ihrer Einquartierung.

„Was ist los?", fragte Bauer und zog die Tarnjacke aus.

„Ihr werdet uns verlassen!"

Der Unterscharführer lachte. „Ha, ha, ha. Gwadsch keen schduss!", sächselte er.

„Mein Vetter beherbergt einen eurer hohen Offiziere. Er hat es mitbekommen."

Bauer war perplex. „Da kleene Schdobblhobbser grischt nischts mit und da Herbergs-Babba wees alles!"

„Was ist los?", fragte Majuschek.

Der Unterscharführer schnaufte tief ein. „Unser Gastgeber hat erfahren, dass wir in Kürze packen", begann er zu erzählen und erklärte anschließend woher die Information stammte. „… und deshalb dürfte das keine Latrinenparole sein", schloss er ab.

„Wir wollten doch Weihnachten feiern. Mit ´ner Gans und allem, was dazu gehört", regte sich Kämmerer auf.

„Wir wären ohnehin mit Grabendienst an der Reihe gewesen", hielt Zubisch dagegen.

„Ich hau mich mal für zwei, drei Stunden aufs Ohr, dann gehe ich rüber zum Tross. Vielleicht erfahre ich dort mehr", entschied der Gruppenführer.

László sollte recht behalten. Bei der 8. SS-Kavallerie-Division herrschte Aufbruchsstimmung. Aus diesem Grund gab es am gleichen Tag, eigentlich war es eher am Abend, eine angenehme Überraschung für die Soldaten. Es wurde vorab die Weihnachtsration an Rauchwaren, Alkohol, sowie ein paar Delikatessen ausgegeben. Ein ruhiges Weihnachtsfest wurde hingegen nicht in Aussicht gestellt. In Anbetracht dessen entschied die gesamte Gruppe von Unterscharführer Bauer spontan das christliche Festmahl vor zu verlegen.

Zsófia schlachtete unaufgefordert vier Hühner, die nach ihren Angaben ohnehin keine Eier mehr legten, und bereitete den Soldaten ein Paprikahuhn zu. Kämmerer konnte es nicht fassen. „Paprikahendl", jubilierte er. „Mit Nockerln! Wie bei mir zu Hause!"

Als sich im Haus der Duft der Mahlzeit ausbreitete, wurde der Österreicher leicht melancholisch. Kämmerer legte sich auf seine Schlafstelle und dachte an zu Hause. Für ein paar Minuten war er wieder der kleine österreichische Junge, der sich auf Lauer legte, um das Christkind zu sehen. Ein Lächeln huschte über das Gesicht des Landsers der Waffen-SS. Er roch die Gans, die in der Bratröhre schmorte, sah das Gesicht seiner Mutter vor sich, die ihn liebevoll anlächelte und ging in der nächsten Sekunde mit seinem Vater in den Wald, um einen Christbaum zu schlagen. Er spielte mit seiner kleinen Schwester, um die Zeit bis zur Bescherung totzuschlagen, sang Weihnachtslieder und war glücklich. Wo waren diese Zeiten geblieben? Ein bedrückendes Gefühl übermannte ihn. Kämmerer kramte nach dem Brief, den er seit Wochen in seiner Brusttasche mitführte. Er zog ihn heraus und las ihn zum x-ten Mal. Eigentlich kannte ihn schon auswendig, doch er wollte Mutters Handschrift sehen. Der Brief war für den Österreicher die Verbindung nach Hause. Er hielt nicht nur ein Stück Papier in der Hand, sondern ein Stück Heimat.

„Hörst du nicht?", stieß ihn Majuschek an. „Essen ist fertig!"

Kämmerer stand auf, faltete den Brief zusammen und steckte ihn wieder ein. „Nächstes Weihnachten bin ich zu Hause. Das schwöre ich dir!", sagte er zu dem Mann aus Siebenbürgen und folgte ihm in die Stube.

So gelassen wie sie an diesen Abend feierten, so brutal holte sie am nächsten Morgen der Kriegsalltag wieder ein. Die Gefühlswelt der Männer wurde permanent durcheinander gewirbelt. Anfangs hieß es, sie würden verlegt, dann kam der Befehl, dass sie sich gefechtsbereit machen sollten, da die Schwadron sich an einem Angriff beteiligen würde. Kaum in den Ausgangsstellungen angekommen, ging es wieder zurück.

„Diesmal sieht es tatsächlich so aus, dass wir verlegen, Männer!", erklärte der Schwadrons-Chef. „Wir haben den Befehl erhalten die Pferde zu holen und unser Gepäck auf die Panjewagen zu laden!"

Russische Hiwis halfen wo sie konnten. Bauer drängte László und Zsófia mitzukommen, doch beide weigerten sich strikt ihr Haus zu verlassen. Da die Zeit drängte, nahm der Sachse den Ungarn beiseite und berichtete von seinem schrecklichen Erlebnis bei der Rückeroberung des Dorfes. Er verschwieg nichts. Als er fertig war, klopfte der Ungar auf die Schulter des Deutschen. „Wir hatten 50 gemeinsame Jahre. Die meisten davon waren schön. Wenn unsere Zeit gekommen ist, dann werden wir sterben! Wir bleiben hier!"

Als der Unterscharführer seinem Gegenüber zum Abschied die Hand reichte, war sein Blick traurig und sogar ein wenig verwässert. „Vielleicht sehen wir uns wieder. Ich komme euch nach dem Krieg besuchen."

László nickte stumm. Beide wussten, dass dies ein Abschied für immer war.

Am 24. Dezember 1944 überschlugen sich die Ereignisse. Die kampfstarke „Geyer" wurde aus dem äußeren Verteidigungsring vor dem Stadtteil Pest herausgezogen und in das gefährdete Buda beordert. Die gewaltige Lücke, welche die Einheit in der Verteidigungslinie hinterließ, konnte nicht mehr geschlossen werden. Die Verlegung selbst entpuppte sich als sehr zeitaufwendig und anstrengend. Die Straßen in Budapest waren verstopft. Militärschlangen trafen auf Zivilisten, die sich aufgrund der Weihnachtseinkäufe in den Straßen drängten. Der Krieg war so nah, und für viele doch so fern.

Gleichzeitig wurde berichtet, dass die Rote Armee rund um die Außenbezirke weiter angriff. Budapest sollte endgültig umschlossen werden. Bereits am frühen Morgen des 24. Dezember 1944 überrollten sowjetische Panzereinheiten bei Biatorbágy die Eisenbahnlinie Budapest-Wien. Zeitgleich begann ein mit Panzern durchgeführter

Angriff auf Budakeszi, einem Dorf westlich von Budapest, welches bis Mittag eingenommen war. Erste sowjetische Panzerspitzen erreichten die Stadtgrenze.
Um 15 Uhr stand russische Infanterie bereits am Schwabenberg. Nordwestlich der Stadt tauchten T 34 in Tek und Perbál auf. Am gleichen Abend stand die Rote Armee am Kammernwald, südlich des Stadtteils Buda.
Die sowjetische Offensive wurde am 25. und 26. Dezember gnadenlos so weit fortgeführt, bis sie mit dem Vorstoß ihrer Panzerkräfte über Pilismarót und Pilisgzentlászló an die Donau gelangten. Sie hatten ihr Ziel erreicht. Budapest war eingeschlossen. Die deutsch-ungarischen Verteidiger saßen in einem Kessel, der nur noch über den Luftweg versorgt werden konnte. Der schlimmste Alptraum der Landser war eingetreten.

Wieder einmal musste die „Florian Geyer" das Rückgrat der Verteidigung bilden. Diesmal nicht vor, sondern in Budapest selbst, und zwar im Westen der Metropole, wo sie zwischen dem Rosenhügel und der südlichen Eisenbahnbrücke in Stellung ging. Unterstützt wurde sie von einigen ungarischen Einheiten, wie z.B. dem Vannay-Alarmbataillon und dem Universitäts-Sturmbataillon. Eine der Verteidigungsmaßnahmen war die Sprengung von Donaubrücken, bzw. deren Vorbereitung zu Sprengung.
Die Feuerüberfälle der russischen Artillerie schienen kein Ende zu nehmen. Permanent hieben Granaten in die Häuser und Straßen der immer noch pulsierenden ungarischen Hauptstadt. Als die sowjetischen Geschützrohre endlich zu schweigen begannen, setzte sich der Beschuss mit den Granatwerfern der angreifenden Rotarmisten fort. Hektisch versuchten die Verteidiger Budapests Zivilisten, die im Bereich der HKL wohnten, zu evakuieren. Mit begrenztem Hab und Gut flüchteten diese in ruhigere Stadtviertel. In den geräumten Häusern, Wohnungen und Kellern nisteten sich deutsche und ungarische Soldaten ein. Fieberhaft verminten Pioniere Straßen, bauten Hindernisse und zogen Drahtverhaue. Tatsächlich wurden auch erste Vergleiche mit Stalingrad gezogen. Auf einer großen freien Grünfläche, der sog. Blutwiese, wurde einer von mehreren Notlandeplätzen für Flugzeuge eingerichtet. Dieser sollte sich im Lauf der Schlacht als wichtigster hervortun.

Untersturmführer von Leipheim gruppierte aufgrund der bisherigen Ausfälle den Zug um. Die dritte Gruppe des Zuges löste der junge Offizier komplett auf, die beiden anderen wurden entsprechend aufgestockt.

„Man kann den Zugführer mögen oder nicht, diese Maßnahme hat Sinn", war das erste gute Wort, das Unterscharführer Bauer über seinen neuen Vorgesetzten verlor.

Die Frontlinie verlief von Süden nach Norden, wobei es keine klare zusammenhängende HKL gab. Im Bereich der 8. SS-Kavallerie-Division „Florian Geyer" und ihren untergeordneten ungarischen Verbündeten bedeutete dies, dass sich in nahezu jeder Villa am Rosenhügel starke Gruppen eingenistet hatten, sowie sämtliche Zufahrtsstraßen, -wege, und –gassen, sowie alle Kreuzungen besetzt waren.

Verdeckt aufgestellte und gut getarnte Panzerabwehrkanonen konnten binnen kürzester Zeit in Stellung gebracht werden. Maschinengewehr-Nester sicherten zusätzlich ab. Der Führungsstab des Befehlshabers der gesamten deutschen Streitkräfte im Budapester Kessel, SS-Obergruppenführer und General der Wehrmacht Karl Pfeffer-Wildenbruch, erkannte schnell, dass eine tief gestaffelte Verteidigung unverzichtbar war. Eine seiner angeordneten Maßnahmen war, dass hinter den Schwadronen der „Geyer", im Bereich des Farkasréter Friedhofs, Flakartillerie postiert wurde. Zusätzlich standen noch ein paar ungarische Sturmgeschütze und Hetzer zur Verfügung, die ebenfalls in diesem Bereich eingesetzt waren.

Bauers schlimmste Befürchtungen sollten sich bald als schreckliche Realität erweisen. Der Feind erhöhte den Druck unablässig. „Der Iwan möchte den Sack zumachen!", hatte er prophezeit. Erste Angriffe der Russen wurden abgewehrt. Die unmittelbar neben der 8. SS-Kavallerie-Division eingesetzten ungarischen Bataillone erwiesen sich als besonders wertvoll. Beide Einheiten kämpften mit großer Verbissenheit, und sie verfügten über beste Ortskenntnis, was sich als erheblicher Vorteil entpuppte. Starke Stoßtrupps wurden über quer miteinander verbundene Wohnhäuser, durch verwinkelte Hinterhöfe oder enge Gassen um die russischen Angriffsspitzen herum geführt, schlugen von hinten zu, und fügten dem Feind schmerzhafte Verluste zu. Es war ein Guerillakrieg mitten in den Trümmern einer sterbenden Stadt.

Tagsüber stiegen immer wieder dunkle Rauchsäulen in den Himmel. Der beißende Geruch von brennendem Öl der abgeschossenen Fahrzeuge lag in der Luft. Nachts waren lodernde Flammen kleinerer und größerer Brandherde zu sehen, zogen immer wieder MG-Garben mit Leuchtspurmunition ihre Bahnen oder flackerte das künstlich-grelle Magnesiumlicht der Leuchtpatronen am Himmel. Von irgendwo her war immer Gefechtslärm zu hören. Ruhe und Stille gab es nicht mehr. Budapest hatte sich zur Hölle verwandelt. Eine Hölle, deren Pforten sich täglich immer weiter öffneten. Eine Hölle, die Grausamkeiten offenbarte, die mehr als menschenverachtend waren. Der brutal geführte Häuser- und Straßenkampf ließ die Soldaten beider Seiten schnell verrohen. Gefangene wurde selten gemacht. Wenn, dann nur Offiziere oder unverletzte Männer. Verwundete richtete man mit Kopf- oder Genickschüssen sofort hin.

Abgesehen von diesem Gräuel des Krieges wüteten zusätzlich die antisemitischen Pfeilkreuzler in der Stadt. Sie handelten zumindest mit Kenntnis der deutschen Regierung und zogen im Rücken der HKL mordend durch Budapest. In der ganzen Stadt, aber vornehmlich am Donauufer, richteten sie massenweise ihre wehrlosen Opfer hin. Dies waren zumeist Juden. Aber auch politische Gegner oder zufällige Passanten gehörten zu den Opfern. Das eiskalte Wasser des Stroms war mehr als einmal blutrot gefärbt.

Ein wichtiger Gedanke des Oberkommandos der Wehrmacht galt der Versorgung ihrer eingeschlossenen Verbände. Da das Gros der Lebensmittel- und Munitionsvorräte der deutschen Truppen außerhalb Budapests gelagert, und nach der Einschließung Stadt den Russen in die Hände gefallen war, drohte im Kessel ein Versorgungsengpass. Mit Fallschirmbehältern, Lastenseglern und dem Einsatz von Ju 52 Flugzeugen, versuchte man die Truppe so gut wie möglich zu versorgen. Später wurde innerhalb der deutschen Luftflotte 4 die Budapester Luftversorgungsgruppe gegründet. Die Piloten vollbrachten beim Starten und Landen auf den Notflugplätzen, wie der Blutwiese oder der Pferderennbahn, wahre Meisterleistungen. Dennoch kamen von dem benötigten Mindestnachschub von täglich 80 Tonnen, gerade einmal 47 Tonnen bei den Verteidigern an. Mehr als 80 % dieses Nachschubs bestand aus Munition.

Als immer mehr Notlandeplätze von der Roten Armee eingenommen wurden, musste man vermehrt auf den Abwurf von

Versorgungsbehältern setzen. Aufgrund der Gesamtumstände wurden diese nachts abgeworfen, wobei die meisten von ihnen verloren gingen, da sie beim Feind landeten. Munitionsbehälter waren mit roten Fallschirmen markiert, Lebensmittelbehälter mit weißen. Auf das Plündern dieser Behälter stand die Todesstrafe.

Durch Artilleriegeschosse getötete Pferde blieben auf der Straße liegen. Die verendeten Tiere wurden für viele Einwohner Budapests zur letzten Rettung. Ihr Fleisch bewahrte sie vor dem drohenden Hungertod.

Frank Bauer hatte sich mit seiner Gruppe, sowie vier hinzugestoßenen Ungarn, in einer ehemals prachtvollen Villa verschanzt. Von hier aus hatte man beste Sicht auf die Straße, die in Richtung des Farkasréter Friedhofs führte. Im rund 300 Meter weiter links liegenden Gebäude saßen nur ungarische Soldaten, rechts neben ihnen hatte sich die zweite Gruppe ihrer eigenen Schwadron eingenistet.

Im weitläufigen Garten der Villa hatte der Unterscharführer rund um das prächtige Anwesen Schützenlöcher ausheben lassen. Das MG 42 von Reis deckte die Straße ab, konnte aber binnen einer Minute durch das Haus zum Gartenareal verbracht werden, um einen Angriff von der Bergseite her abzuwehren. Die vier Ungarn waren allesamt Budapester. Einer sprach sehr gut deutsch. Er war Student und wollte nach dem Krieg Lehrer werden. Zwei von ihnen sprachen gebrochen Deutsch, einer verstand kein Wort. Der „Stumme", wie ihn Förtsch mit Spitznamen taufte, war ein Scharfschütze. Er wirkte kalt, konnte oft stundenlang, ohne sich zu regen, am Fenster sitzen und mit dem Fernglas die Gegend beobachten. Der Kerl benahm sich auch seinen Landsleuten gegenüber verhalten. Dennoch waren alle irgendwie froh, dass er zu ihnen gehörte, denn keiner wollte den Stummen zum Gegner haben.

Es dämmerte. Bauer, der die erste Nachtwache übernahm, stand auf. Er rollte die Wolldecke beiseite und gähnte. Es machte ihm nichts aus, dass er auf dem harten Fußboden schlafen musste. Der Krieg hatte ihn gelehrt mit den einfachsten Dingen zurecht zu kommen. „Mein Magen sagt mir, dass bald Essenszeit ist", meinte er.

Majuschek und Kämmerer, die neben dem Unterscharführer geschlafen hatten, waren ebenfalls aufgewacht. „Es ist kalt."

„Eigentlich müssten wir genügend Brennholz haben", lachte Bauer.
„Wieso?"
„Weil ihr beide um die Wette gesägt habt. Ich konnte bei dem Geschnarche die erste halbe Stunde gar nicht einschlafen."
Beide grinsten.
„Wer ist zum Essen holen dran?"
„Wir beide und einer der Ungarn", meinte Kämmerer. Der Österreicher hasste es durch die Linien laufen zu müssen. Man konnte aufgrund der verschwommenen Front an jeder Ecke auf russische Spähtrupps stoßen, oder einem sowjetischen Scharfschützen, die sich seit geraumer Zeit in den Trümmern eingenistet hatten, vor das Zielfernrohr laufen.
„Dann macht euch mal fertig."

Die Feldküche lag genau in der Mitte des Dreiecks Rosenhügel, Gellértberg und dem Farkasréter Friedhof. Von jedem Punkt waren es ca. 6 Kilometer zum nächsten, wobei man vom Rosenhügel zum Gellértberg am Donaukai entlang gehen konnte.

Der gut deutsch sprechende Ungar mit dem Vornamen Bence begleitete die beiden SS-Männer. Jeder hängte sich vier Feldflaschen um den Hals. Majuschek und Kämmerer schnallten sich zusätzlich die leeren Aluminium-Essensbehälter um, die sie vom Feldkoch erhalten hatten.

„Aber das Zeug gibt´s nur gegen Unterschrift. Ihr wisst ja, zuletzt stirbt beim Kommiss die Bürokratie", lachte der Küchen-Scharführer und ließ sich tatsächlich die Ausgabe der Behälter quittieren.

Es war dunkel als sie sich aufmachten. Bence fragte den Stummen, ob er Russen gesehen hatte. Als dieser verneinte, verließen die drei Essensträger das Haus und begaben sich in den Garten. Sie waren jeweils mit einer Maschinenpistole bewaffnet und trugen zudem eine, bzw. zwei Handgranaten mit sich. Bence setzte sich an die Spitze. Der Ungar war ein quirliger Typ, dessen Beine genauso flink waren wie seine Zunge. Eine Nickelbrille mit runden Gläsern zierte das Gesicht.

„Hier entlang, dieser Weg kann von den Ruskis nicht eingesehen werden", erklärte er den beiden Landsern, die zum ersten Mal den Gang zur Feldküche unternahmen. Es war kalt. Minustemperaturen! Seit zwei Tagen war kein Schnee mehr gefallen, sodass die Spuren ihrer Vorgänger noch deutlich zu erkennen waren. Durch ein Loch im Zaun krochen sie auf das Nachbargrundstück, durchquerten es und überkletterten eine etwa eineinhalb Meter hohe Gartenmauer, um in das Areal der nächsten angrenzenden Villa zu gelangen. Dort bewegten sie sich dicht an der Gartenmauer entlang, bis sie an ein geöffnetes großes, schmiedeeisernes Tor kamen. „Jetzt können wir raus auf die Straße!"

Granattrichter, Schutthalden und ein paar ausgebrannte Automobile wiesen auf die täglichen Kämpfe hin. Die Hanglage des Stadtteils gewährte den drei Essenholern einen Blick über die Donau, sowie das Dächer-Meer der beiden zusammengewachsenen Städte Buda und Pest. Kämmerer sah ein paar Blitze aufleuchten, untermalt wurde das groteske Leuchten von lautem Krachen. Die Granate einer russischen Kanone war in eines der Häuser eingeschlagen. Leuchtspurmunition zeigte an, wohin zwei Maschinengewehre schossen.

„Der Ruski versucht wieder einmal zwischen den beiden Hügeln durchzustoßen", meinte Bence.

Das Szenario vor ihnen wirkte beängstigend.

„Hoffentlich begegnen uns keine Iwans", murmelte Kämmerer.

„Ich mach mir eher um unsere eignen Leute sorgen. Wenn die denken, dass wir Russen sind, haben wir ein Problem, Freunde! In der Nacht sind alle Katzen grau!"

Sie gingen die Straße entlang, immer nur geradeaus. Minutenlang passierte nichts, dann ließ sie ein Geräusch zusammenzucken. Es hörte sich wie ein metallenes Scheppern an. Bence blieb stehen und hob den Zeigefinger seiner linken Hand an den Mund. Jemand fluchte. Bence zuckte fragend mit den Achseln. Kämmerer trat vor. „Kamerad, so kann nur ein Knecht aus der Steiermark fluchen! Wo steckt ihr?"

Erleichterung. Es waren ihre Leute. Deutsche Soldaten. Hinter einer Schutthalde tauchten zwei Landser auf. „Himmelherrgott noch mal! Diese verdammten Granattrichter. Der hier war halb zugeschneit", schimpfte ein älterer Rottenführer.

Die beiden Kavalleristen waren ebenfalls mit Essenskübeln und Feldflaschen ausgestattet.

„Wie es aussieht haben wir den gleichen Weg vor uns."

„Zumindest ein Stück können wir zusammen gehen. Wir sind von der zweiten Schwadron. Ihr seid von der ersten, stimmt's?"

„Richtig!"

„Ich kenne dich", deutete der Rottenführer auf Majuschek. „Du bist der Kerl mit dem Ofenrohr!"

„Hat sich wohl herumgesprochen!", antwortete Majuschek.

„Ich habe gesehen, wie du ´nen T 34 abgeschossen hast!"

Insgeheim war der Siebenbürge ein wenig stolz. Mit leicht geschwellter Brust ging er weiter. Bence hatte sich wieder an die Spitze gesetzt und führte den kleinen Trupp sicher durch Budapests Straßengeflecht. Hinter der kaum bestimmbaren HKL wurde es etwas lebendiger. Ein paar Sanitäter standen vor einem Gasthaus zusammen und rauchten. Scheinbar waren sie sich nicht einig, ob sie in das Wirtshaus gehen sollten oder nicht. In der Gaststube brannte Licht. Auch ein paar Zivilisten waren zu sehen. Zwei Männer gingen schnellen Schrittes von einem Pferdekadaver weg. Vermutlich hatte eine der russischen Granaten das Tier tödlich verletzt. Es schien schon länger verendet zu sein, da bereits beachtliche Teile herunter geschnitten waren. Das Fleisch war gefroren, Verwesungsgeruch fehlte. Die beiden Zivilisten verbargen etwas unter ihren weiten Mänteln.

„Sie essen schon die toten Tiere", drückte Bence mitleidig aus.

„Pferdefleisch kann durchaus eine Delikatesse sein", kam es prompt von Majuschek zurück, der in seinem Leben schon öfter Pferdefleisch gegessen hatte.

Nur eine Straße weiter trennten sich die Wege der Essenholer, da jeder zur Feldküche seiner eigenen Schwadron ging. „Treffen wir uns in einer halben Stunde wieder hier?", fragte der ältere Rottenführer. Ihm hatte es gefallen, dass Bence sie auf Schleichwegen sicher hierher gebracht hatte.

„Können wir machen, aber wir warten genau zehn Minuten, dann gehen wir ohne euch!"

„Ausgemacht!"

Eine Gruppe uniformierter Ungarn kreuzte ihren Weg. Bence blieb stehen. Angewidert betrachtete er die Männer, die sich durch eine Armbinde von anderen ungarischen Einheiten abhoben. „Pfeilkreuzler!", zischte er aus.

Der letzte Mann der ungarischen Gruppe schien etwas gehört zu haben. Er drehte sich um und verharrte. Die anderen Männer blieben ebenfalls stehen. Mit schnellem Schritt marschierte der Pfeilkreuzler auf Bence zu, blieb vor seinem Landsmann stehen und baute sich regelrecht auf. Worte wurden gewechselt. Anhand des barschen Tonfalls erkannten Kämmerer und Majuschek, dass etwas nicht

stimmte. Der Siebenbürge nahm ohne nachzudenken seine MP in Anschlag. „Gibt es ein Problem? Ich kann es lösen!"
Kämmerer hob ebenfalls den Lauf seine Maschinenpistole und stellte sich demonstrativ neben Bence. Dieser grinste, sagte aber kein Wort mehr. Der Unruhestifter wurde zurückgerufen. Hasserfüllte Blicke wechselten von Bence zu Kämmerer, dann zu Majuschek und schließlich wieder zu Bence.
„Verstehst du deutsch? Hast du ein Problem?", wiederholte Majuschek.
Der Ungar drehte sich um und ging zu seinen Leuten. Ohne ein weiteres Wort marschierten die Pfeilkreuzler weiter.
„Was war denn das?", erkundigte sich Kämmerer sofort, ohne die sich entfernenden Ungarn aus den Augen zu lassen.
„Das sind Pfeilkreuzler. Die Männer, die hier die Macht übernommen haben, und von eurem Hitler unterstützt werden."
„Das ist nicht unser Hitler! Das möchte ich gleich mal klarstellen!"
„Schon gut!"
„Erzähl weiter!", drängte Majuschek.
„Die Pfeilkreuzler marodieren und töten. Sie haben allein im Oktober Hunderte von Menschen ermordet und in die Donau geworfen."
„Juden?"
Bence fuhr herum. Er und Kämmerer, der die Frage gestellt hatte, sahen sich tief in die Augen. „Macht das für dich einen Unterschied?"
„Wir müssen weiter, Kameraden!", ging Majuschek dazwischen.
Bence drehte sich daraufhin um und marschierte los. Wortlos erreichten sie die Feldküche. Es gab ein Linsengericht mit Pferdefleischeinlage. „Seid froh, dass wir Jungs von der Kavallerie noch über ein paar Gäule verfügen", flüsterte der Küchenbulle. „Wenn das so weitergeht, ist Schmalhans bald Küchenmeister!"
In die Feldflaschen wurde Kaffee-Ersatz aus Getreide gefüllt. „Muckefuck ist besser, als gar kein Kaffee!"
Zur Überraschung aller gab es zusätzlich Tabakwaren. „Das Rauchzeug war in der Stadt gelagert, die Fressalien leider dort, wo jetzt der Iwan sitzt. Umgekehrt wäre es mir lieber gewesen", grinste der Landser, der die Marketenderware ausgab. „Für den Ungarn haben wir aber nichts ...", begann er, wurde aber vom Küchenbullen, der direkt neben ihm stand, angestoßen. „Sie kämpfen mit uns, sie sterben mit uns, also können sie auch mit uns fressen und rauchen!"

Immer noch leicht widerwillig, legte der Ausgeber ein zusätzliches Kommissbrot und ein Päckchen Tabak dazu. „Geht schon in Ordnung", meinte er schelmenhaft, ohne den Küchenbullen außer Acht zu lassen.

Die drei Soldaten gingen zurück. Schon nach ein paar Metern schob sich Kämmerer dicht zu Bence. „Nein! Es macht keinen Unterschied. Mord bleibt Mord!", sagte er unmissverständlich.

Bence entspannte sich etwas. „Passt auf die Pfeilkreuzler auf! Sie kennen keine Gnade! Traut ihnen nicht! Ach ja, danke für die Unterstützung. Die beiden Maschinenpistolen haben mächtig Eindruck geschunden!"

„Ist doch klar!"

Die Essenholer von der 2. Schwadron warteten schon am vereinbarten Treffpunkt. Der alte Rottenführer rauchte. „Wir haben ´ne dünne Suppe mit Wursteinlage bekommen, und ihr?"

„Linseneintopf mit Pferd!"

„Na dann bleibe ich doch lieber bei meiner Suppe", lachte der Rottenführer.

Bence setzte sich wieder an die Spitze der kleinen Gruppe. Die Zigarettenglut erlosch im Schnee. Stumm folgten die Landser dem Einheimischen. Es schien noch kälter geworden zu sein. Jedenfalls kam es Kämmerer so vor. Der Österreicher schob seinen Schal etwas höher, sodass das Kinn bedeckt war, zog zusätzlich den Kopf so weit wie möglich ein und stapfte Majuschek hinterher, der sich dicht hinter Bence befand. Der Ungar wählte die gleiche Strecke. Als es wieder bergauf ging, begann plötzlich ein Maschinengewehr zu rattern. Instinktiv drückten sich die Landser an die Hauswand und gingen in die Hocke. Noch mehr Waffen waren zu hören. Karabiner krachten. Aus zwei oder drei Maschinenpistolen wurden ein paar Salven abgegeben. Nachdem eine Handgranate detonierte, hörte man nur noch das Rattern des Maschinengewehrs.

„Sie sind genau auf der Straße, die parallel zu unserer Gasse hier verläuft", flüsterte Bence.

„Der Iwan versucht es wieder mit Stoßtrupps durch das Tal", kommentierte der alte Rottenführer. „Wir sollten uns beeilen!"

Sie warteten noch ein paar Minuten. Nachdem auch das Maschinengewehr schwieg, gingen sie weiter. Bence nahm einen kleinen Umweg in Kauf, was keiner der Landser bemerkte, und führte die kleine Gruppe schließlich sicher und ohne Feindberührung zurück zu den jeweils besetzten Villen.

Trotz der doppelwandigen Isolierung der Essenbehälter war der Linseneintopf zwischenzeitlich erkaltet.

„Kein Problem", lachte Förtsch. „Ich habe jede Menge Brennstofftabletten für die Esbitkocher! Wir wärmen uns das leckere Essen auf!"

„Das ist der Grund, weshalb du noch Rottenführer bist, ich aber hier den Ton angebe", feixte Bauer. Der Unterscharführer stand mitten im Raum.

„Ihr könnt den Hartspiritus für schlechte Zeiten stecken lassen. Ich habe unten in der Küche den Herd angeheizt. Noch ist trockenes Holz im Schuppen. Nachts sehen die Ari-Beobachter der Russen den Rauch nicht. Töpfe sind auch noch genügend da, also steht einer warmen Mahlzeit nichts mehr im Weg!"

„Die Russen haben es wieder probiert", erzählte Kämmerer und berichtete von dem Erlebnis auf dem Rückweg.

„Nicht mehr lange", rieb sich Bauer triumphierend die Hände. „Unser Dreikäsehoch-Untersturmführer war hier. Er teilte uns die neuesten Meldungen mit. Der Kessel wird von außen geknackt! Entsatz ist bereits unterwegs!"

„Na dann", hob Majuschek seine Tasse mit aufgewärmten Muckefuck hoch. „Auf den Sieg!"

Fragende Blicke, dann fand Bauer den wohl besseren Spruch: „Auf uns, und dass wir alle gesund nach Hause kommen!"

„Auf uns!", jubelten alle nach.

Die deutsche Militärführung versuchte im Zeitraum vom 1. Januar 1945 bis 27. Januar 1945 mit den *Operationen Konrad I, Konrad II und Konrad III* den Budapester Kessel von außen aufzubrechen, um die eingeschlossenen Truppen zu befreien. Trotz des Einsatzes starker Panzerkräfte, wie der 3. SS-Panzer-Division „Totenkopf" oder der 5. SS-Panzer-Division „Wiking", die sich bis auf 25 Kilometer der Stadt näherten, scheiterten letztendlich die Befreiungsversuche. Zum einen war die sowjetische Übermacht zu groß, zum anderen verweigerte Adolf Hitler den eingeschlossenen Truppen den notwendigen, und zu diesem Zeitpunkt auch möglichen, Ausbruch aus Budapest.

Mit dieser Entscheidung war auch das Schicksal der 8. SS-Kavallerie-Division „Florian Geyer" endgültig besiegelt.

Aufgrund der deutschen Entsatzversuche, verringerte sich während dieses Zeitraums der Druck der Sowjets in Budapest erheblich. Lediglich um den Adlerberg und den Rosenhügel wurde heftig gerungen. Die Höhenstellungen mussten von den Verteidigern um jeden Preis gehalten werden, da diese für einen etwaigen Ausbruchsversuch in Richtung der Entsatztruppen strategisch unverzichtbar waren. Zudem konnten vom Adlerberg aus die Stellungen der deutschen Artillerie, sowie weitere wichtige Örtlichkeiten, wie z.b. die für die Versorgung unverzichtbare Blutwiese, bestens bekämpft werden.

Schwachstelle dieser beiden Hügel war das zwischen ihnen liegende Gebiet um den Farkasréter Friedhof.

Angriffe auf den Adlerberg, vorbereitet mit schwerer Artillerie, waren an der Tagesordnung. Schaffte es ein russisches Bataillon sich festzusetzen, wurde es mit hartnäckigen Gegenangriffen wieder zurückgedrängt. Der Mátyásberg wechselte auf diese Art und Weise an einem einzigen Tag siebenmal den Besitzer.

Am 18. Januar wurde die berühmte Elisabethbrücke gesprengt. Buda bildete nun den Kern der Verteidigung. Bis zum 20. Januar 1945 gelang es den sowjetischen Angreifern Teile des Farkasréter Friedhofs einzunehmen. Sie benötigten jedoch insgesamt sieben Tage um zwei Drittel des parkähnlichen Gebiets zu besetzen. Oftmals schafften sie nur 100 Meter am Tag, wobei die Verluste insgesamt sehr hoch waren. Die ungarischen Verteidiger des Friedhofs hielten eisern den nordöstlichen Teil. Hilfe wurde angefordert, eine Entscheidung gefällt. Ein Gegenstoß der „Geyer" sollte den Feindeinbruch korrigieren.

„Wie eine Nadelspitze sticht der Farkasréter Friedhof in russisch besetztes Territorium", erklärte der Schwadronsführer.

Neben anderen Einheiten war Bauers Schwadron für den Gegenstoß auserkoren. Der gesamte Bereich um den Friedhof sollte zurückerobert werden. Schweren Herzens hatten die Kavalleristen von ihrer Villa Abschied genommen.

„Ist ja klar. Da hat man mal einen Stützpunkt, in dem es trocken ist, den man nachts heizen kann, und von wo aus man den Iwan auf fünfhundert Meter Entfernung ankommen sieht, und prompt muss man raus!", schimpften die Männer.

Ganz so unrecht hatten sie nicht. Es gab in der Gruppe nur einen Ausfall und einen Unfall während der „Villa-Zeit". Beides passierte beim gefährlichsten Alltagsauftrag schlechthin, dem nächtlichen Essenholen. Majuschek verstauchte sich ein Bein, als er zwischen zwei Mauerbruchstücke geriet, und der Ungar, den alle nur den „Stummen" nannten, wurde bei einem Zusammenstoß mit einem russischen Spähtrupp erschossen. Seither hat Bauer das Gewehr des Scharfschützen. „Wenn ich es dem Waffenmeister gebe, bleibt es entweder liegen, oder irgend ein Trottel bekommt es", war sein Argument. Es handelte sich um ein Mosin-Nagant mit 3,5fachem PU-Zielfernrohr. Auch an Munition fehlte es nicht. Der „Stumme" verfügte über mehrere Hundert Patronen des Kalibers 7,62 mm.

„Was willst du denn damit?", fragte Förtsch erstaunt, doch Bauer hörte gar nicht zu. Er war davon überzeugt, dass das Gewehr im Stadtkampf vorteilhaft war.

Die Schwadron war im Karree angetreten.
„…wird Kaltverpflegung für zwei Tage ausgegeben. Teilen Sie sich den Proviant ein! Weitere Einzelheiten erfahren Sie von Ihren Zugführern!", beendete der Schwadronsführer seine Ansprache.
„Das war der offizielle Teil. Solange dazu noch Zeit ist, geht´s uns nicht schlecht", grinste Förtsch hämisch.
„Denk nicht dran! Zuletzt stirbt bei uns der Bürokratismus. Du musst sozusagen um Erlaubnis bitten fallen zu dürfen!"
„Frank! Jetzt sei nicht immer so ernst."
„Schon gut, Kamerad. Komm, lass uns zur Feldküche gehen."

Die Verpflegung war von Tag zu Tag weniger geworden. Zur winterlichen Kälte gesellten sich Hunger und Krankheit. Die Versorgungsflüge der Luftwaffe wurden immer spärlicher. Die Jagd auf die abgeworfenen Versorgungsbehälter indessen immer gefährlicher.
Die Gruppe erreichte die Feldküche. Kessel dampften. Ein paar Tische waren aufgebaut. „Kaltverpflegung", flüsterte Kämmerer.
Es waren noch nicht viele Landser hier. Bauer und seine Gruppe stellten sich in der kurzen Reihe an.
„Jeder eine Dose Wurst und ein halbes Kommissbrot! Wer soll denn davon satt werden?", motzte der Österreicher.
Der Essensausgeber blieb ruhig. „Keine Angst Kamerad. Nach dem letzten Schlachtflieger-Angriff der roten Brüder sind wieder ein paar Pferde angeliefert worden. Bevor es richtig losgeht bekommt jeder von euch nochmal eine heiße Füllung ins Essgeschirr!"

„Trotzdem! Wie lange muss die Kaltverpflegung herhalten?"
Sarkasmus kroch nach oben. Ein Grinsen zog sich über das Gesicht des Ausgebers. „Von unseren Beutegermanen sind wieder ein paar zum Russen übergelaufen. Ich habe gehört, es waren zwangsrekrutierte SS-Männer. Die brauchen wir nicht für den Sieg! Deren Portionen teilen wir unter uns auf."
„Wo gibt´s das warme Essen?"
„Genau hier! Kommt in ´ner Stunde wieder, dann ist es fertig!"
Bauer beendete das Gespräch mit einem: „Danke!", und drängte Kämmerer weiter zu gehen.
Nur ein paar Meter weiter ließ sich die Gruppe nieder. Die Männer saßen auf einem Schutthaufen gegenüber der Feldküche. Sie beobachten das Treiben zwischen den Trümmern der Stadt. Nur hin und wieder, wenn gerade eine verirrte Artillerie-Granate vorbeipfiff, zogen sie die Köpfe ein. Längst hatten sich die Soldaten an den täglichen Beschuss gewöhnt. Manchmal fiel ein schräger Blick auf Bauer, der zusätzlich zur MP 40 das russische Scharfschützengewehr umhängen hatte. Zwischen den Landsern und ihren Scharfschützen herrschte eine Art Hassliebe. Man begegnete den feindlichen Scharfschützen mit Hass, den eigenen mit zweierlei Gefühlen. Zum Schutz der Infanterie eingesetzt, wurden sie geliebt, da sie den verhassten Feind, und vor allem auch die verhassten feindlichen Scharfschützen ausschalteten, als Mensch wurden sie eher verachtet, da die Männer mit Zielfernrohren an den Gewehren nicht nur während einer Schlacht, also im Angriff und der Verteidigung, töteten, sondern jederzeit wahllos auf den Feind schossen. Ein normaler Latrinengang konnte tödlich enden.
Wer Bauer nicht kannte, und ihn mit einem Scharfschützen verwechselte, verachtete ihn. Dem Sachsen war egal was andere dachten. Er glaubte immer noch felsenfest daran, dass er das Gewehr früher oder später gut brauchen konnte. Förtsch waren die Blicke der anderen SS-Männer nicht entgangen. Er grübelte. Schließlich sprach er Bauer an. „Hast du schon einmal mit einem Zielfernrohr auf ..."
„Nein!", fuhr ihm der Unterscharführer ins Wort. „Und ich möchte auch nicht darüber sprechen. Wir werden morgen die Iwans aus dem Friedhof jagen, oder dort unser eigenes Grab finden. Lasst und über etwas anderes sprechen."
„Sie versuchen es doch noch weiterhin, oder?", fragte der etwas abseits sitzende Meggerle bezüglich des äußeren Entsatzangriffs nach.

Keiner kannte die Antwort. Bauer wollte den Österreicher beruhigen, stand auf ging zu ihm. Als er vor ihm stand regte sich etwas bei den Männern vom Tross.

„Wir reden später", stieß Bauer aus. „Kommt Leute. Die Küche hat geöffnet."

Das Herumhängen vor Ort wurde belohnt. Nach etwa 45 Minuten Wartezeit füllte der Koch die Essgeschirre der Gruppe mit heißer Suppe und etwas gekochtem Pferdefleisch. Um ihr Mahl tatsächlich heiß genießen zu können, setzen sich die Männer wieder auf den Schuttberg, auf dem sie gewartet hatten. Es dämmerte zwischenzeitlich. Aus den Essgeschirren dampfte es. Schon die ersten Löffel der heißen Suppe wärmten die Körper der Landser von innen. Ein behaglich, wohltuendes Gefühl breitete sich aus. Bauer fuhrwerkte mit seinem geschliffenen Taschenmesser im Kochgeschirr herum und zerschnitt einen größeren Brocken Pferdefleisch. Im Augenwinkel bemerkte er zwei Kinder. Seiner Meinung nach war es ein Geschwisterpaar. Die Kinder setzten sich am Fuß der Schutthalde ab und sahen mit hungrigen Augen den deutschen Soldaten beim Essen zu. In ihren kleinen Händen hielten sie einen Topf und eine Schüssel.

„Haut ab!", herrschte sie einer der Landser an, die bei der Feldküche in der Schlange standen.

Die Kinder zuckten zusammen. Bauer blickte sich um. Er erspähte die Mutter der Kinder. Die Frau war ungefähr Mitte zwanzig und sah genauso zerlumpt aus wie ihre Sprösslinge. Dennoch hatte sie ihren weiblichen Stolz nicht verloren und wirkte trotz der abgetragenen, schmutzigen Kleidung ein wenig anmutig. Sie hatte sich den Umständen entsprechend zurecht gemacht. Allem Anschein nach bot sie den Landsern, die mit vollen Essgeschirren an ihr vorbei gingen, Liebesdienste an.

In Bauer fuhr die Gefühlswelt Achterbahn. Wut, Hass und Mitleid wechselten sich rapide ab. „Hallo!", rief er der Ungarin zu, die sofort auf den Sachsen aufmerksam wurde und lächelnd auf ihn zukam.

„Was soll das, Frank?", fragte Förtsch.

„Ich kann das ganze Elend nicht mit ansehen. Wer von euch noch einen Funken Anstand in sich hat, soll geben, was er geben kann!"

„Spinnst du?"

Der Unterscharführer sah Förtsch eindringlich an. „Das könnte meine Schwester sein! Die Kinder meine Nichte und mein Neffe! Verdammt noch mal! Und wenn ich in diesem Budapest verrecke!

Niemand soll mir nachsagen, dass ich meine Menschlichkeit verloren habe!"

Bauer stand auf. Zielstrebig ging er auf die Frau zu. Gleichzeitig winkte er die beiden Kinder zu sich her. Ängstlich hielten sie ihren Topf hin. Der Unterscharführer schüttete etwas mehr als die Hälfte des Inhalts seines Kochgeschirrs in den Topf, brach ein Stück Brot ab und gab es der jungen Mutter. „Geh nach Hause, Frau! Bewahre deine Ehre!"

Tränen rannen der jungen Mutter über die Wangen.

Mit gedrungenem Blick folgte auch Förtsch dem Beispiel seines Unterscharführers. „Ich muss total verrückt sein", sagte er, als er ungefähr genauso viel von der Pferdefleischsuppe in den Topf goss, wie zuvor Bauer. „Bin selbst fast am Verhungern und schenke mein Essen her."

Nachdem auch die andern etwas abgegeben hatten und die kleine Familie mit dankbarem Blick wegging, setzte sich Bauer wieder hin. Er löffelte den Rest seines kargen Mahls aus und lehnte sich zurück. Förtsch und die anderen rauchten.

„Ich könnte ´ne halbe Sau verdrücken, soviel Kohldampf habe ich!", meckerte Kämmerer.

„Niemand hat dich gezwungen!"

„Andererseits, wenn ich morgen tatsächlich unserem Schöpfer entgegen treten muss, macht sich die Sache bestimmt auch nicht schlecht!"

„Du bist gläubig?"

Der Österreicher nickte. „Du etwa nicht?", fragte er den Sachsen.

„Hat mir niemand beigebracht."

„Du handelst aber wie ein Christenmensch!"

Bauer lachte kurz. „Du kannst mir doch nicht erzählen, dass dieser Krieg christlich ist!"

Mit einer lässigen Handbewegung änderte sich auch der Tonfall. „Lassen wir das Thema. Wenn euer Gott gerecht ist, wird er wohl auch verzeihen, dass ich ihn nie in seinem Haus besucht habe."

„Du meinst die Kirche?"

„Ja."

„Gehe einfach mal rein. Zünde eine Kerze an und setz dich in eine Bank. Du wirst sehen, du bist nicht allein. Du kannst ihn spüren."

„Danke für den Hinweis. Vielleicht mache ich das mal."

„Ich hoffe es!"

„Ich hingegen hoffe etwas ganz anderes. Ich hoffe, dass diese Frau auch morgen auf jemanden trifft, der ihr Essen ohne Gegenleistung schenkt, und wenn nicht, dann hoffe ich, dass die Kinder nicht zusehen, wie sich ihre Mutter hingibt!"

„Warst du in den Sümpfen dabei?"

Bauer sah Kämmerer fragend an.

„Ich meine 1941. Die Älteren erzählen immer davon. Ihr habt dort jede Menge Juden erschossen. Der Befehl lautete…"

„Ich weiß, wie der Befehl lautete!"

„Du warst also dabei?"

Bauer schüttelte den Kopf. „Ich war auf Unterführer-Lehrgang, aber Fritz Braun war dabei. Braun war mein bester Freund. Ich kehrte als Unterscharführer zur Einheit zurück. Fritz hatte sich verändert. Er war nicht mehr der gute, heldenhafte Familienvater, den ich kannte, er war ein Wrack. Fritz hat mir alles erzählt. Sie haben wahllos gemordet. Niemand hat sie jemals dafür zur Rechenschaft gezogen."

„Es waren immerhin Juden", tastete sich Kämmerer vor.

„Juden oder anderes Zeug!", flüsterte Bauer und sah sich dabei sichernd um. „Es war Mord. Das hat nichts mit Partisanen und nichts mit Krieg zu tun. Auch wenn…ach…", winkte er ab. „Lassen wir das!"

„Frank!"

„Was?"

„Die meisten von uns denken anders. Ich bin deiner Meinung!"

„Ändert das etwas?"

Kämmerer schwieg.

Zwei Minuten später ergriff Bauer wieder das Wort. „Fritz wurde zum Säufer. Am Ende hat er jeden Tag eine Flasche Schnaps gesoffen. Im Oktober 1943 ist er am Dnjepr gefallen. Ich glaube, er wollte sterben. Den Brief an seine Else habe ich aufgesetzt, nicht der Chef!"

„Tut mir leid!"

„Kämmerer, du brauchst nicht nach links und rechts zu sehen. Wir beide sind ein Teil davon. Ein Teil dieser Kriegsmaschine."

„Wir sollten nicht zu laut sein."

„Was soll´s. Wir werden hier in Budapest genauso verrecken, wie damals die 6. Armee in Stalingrad. Du wirst schon noch sehen!"

„Du vielleicht, ich nicht!"

Kalter Nebel lag über den Grabstätten des Farkasréter Friedhofs, als im Morgengrauen des 25. Januars 1945 die spärlichen Geschütze der deutschen Artillerie losbellten. Ihre Granaten schlugen im russisch besetzten Teil des Gottesackers ein. Steine, Erde und vereiste Schneebrocken wirbelten hoch. Tödlicher Splitterregen wurde von starken Druckwellen ausgesandt. Schwarze Krater blieben zurück. Massives Maschinengewehrfeuer deckte die vorrückenden Kavalleristen der „Florian Geyer" ab.

Huiit-Wumm

Ratataatataa

Das laute Hurra-Geschrei blieb aus. Stattdessen huschten die in Tarnuniform gekleideten Kavalleristen von Busch zu Busch und von Grabstein zu Grabstein. Gegenfeuer flammte auf. Hektische Schreie waren zu hören. Befehle wurden regelrecht hinaus gebellt. Untersturmführer Benno von Leipheim sprang auf. „Mir nach!", plärrte er und lief los.

„Der ist vollkommen wahnsinnig geworden", stieß Bauer leise aus und folgte seinem Zugführer.

Mündungsfeuer war zu sehen. Projektile zischten knapp an ihnen vorbei.

„MG auf 10 Uhr!", warnte der Sachse und warf sich zu Boden. Er gab mit seiner MP mehrere Salven ab, die jedoch wirkungslos blieben. Auf dem Boden liegend suchte er sein eigenes MG, fand die beiden Maschinengewehr-Schützen und robbte zu ihnen hin. „Reis! Zubisch! Ihr müsst den Iwan dort drüben ausschalten! Schnell!"

Die beiden Männer mit dem MG 42 nickten, suchten eine geeignete Position, krochen ein paar Meter weiter und gingen in Stellung. Reis orientierte sich am Mündungsfeuer des Russen. Der Schütze I spürte den kalten Schaft des Maschinengewehrs an seiner Wange, presste ihn fest in die Schulter und drückte ab. Immer wieder jagte er kurze Feuerstöße aus der Waffe. Das feindliche Mündungsfeuer war nicht mehr zu sehen.

„Weiter!"

Sie sprangen auf. Die beiden starken Gruppen folgten ihrem Zugführer, der zielstrebig auf eine grüne Wand zulief. Etliche dicht nebeneinander gepflanzte Thujen trennten einen breiten Weg von den links und rechts davon befindlichen Grabstätten. Handgranaten detonierten. Splitter surrten umher, fetzten gegen Baumstämme und rissen Holzsplitter heraus. Sie krachten gegen Grabsteine und einfache Holzkreuze. Kleine Explosionswolken der Detonationen vermengten sich mit den dünnen, kalten Nebelschwaden, die sich wie ein

Leichentuch mahnend über den Friedhof gelegt hatten. Die Stimmung war mehr als unheimlich.

„Die toten Seelen steigen aus den Gräbern und holen uns!", hatte einer der SS-Männer panisch geschrien. Ein großes, scharfes Schrappnell hatte den halben Kopf seines Nebenmannes weggerissen. Die sterbende, bizarre Gestalt hatte an der Schulter des jungen Soldaten einen letzten Halt gesucht, bevor der leblose Körper über eines der Gräber fiel. Der geschockte Kavallerist war aufgesprungen und lief ziellos umher. „Die Toten holen uns!", plärrte er unentwegt.

Warnrufe seiner Kameraden, er solle sich hinlegen, missachtete er. Schließlich trafen ihn mehrere Projektile, abgefeuert aus russischen Gewehren. Blut spritzte aus den Wunden. Es färbte die schmutzig-weiße Tarnbluse rot. Das Schreien verkam zu einem Winseln, bis es nach kurzer Zeit gänzlich verstummte. Der Tod begann seine Ernte einzuholen. Der Tisch war reichlich gedeckt.

Huiiit - Wumm

Grollen, Heulen und dumpfe Detonationen erfüllten nach wie vor die Luft. Die Granaten der Artillerie wuchteten pausenlos in das Friedhofsgelände, wenngleich auch etwas spärlicher, als zu Beginn des Angriffs.

Bauer achtete auf seinen Zugführer. Ihre Blicke kreuzten sich. Der Finger des Offiziers zeigte nach rechts. Anschließend formte sich die Hand des Untersturmführers zur Faust. Er riss sie zweimal nach unten. Bauer nickte, wartete eine günstige Phase ab, sprang auf und lief los. Der gesamte Zug folgte. Eine neue Salve verließ die Rohre der deutschen Geschütze. Wieder pfiffen Granaten durch die Luft, zerbarsten zwischen den stummen Denkmälern der Toten und schleuderten scharfkantige Schrapnelle umher. Doch diesmal zwangen die krepierenden Sprengkörper die angreifenden Kavalleristen in Deckung zu bleiben.

„Die Ari schießt zu kurz!", schmetterten einige Landser aus.

Die Rufe gingen im Getöse des Kampfes ungehört unter. Von Leipheim reagierte schnell. Er ließ von seinem Nachrichter über Funk durchgeben, dass das Feuer schnellstens und dringend verlegt werden musste. Ewig andauernde Minuten verstrichen. Dann wurde das Artilleriefeuer gänzlich eingestellt.

„So habe ich das nicht gemeint", stieß der Untersturmführer daraufhin aus.

Sprung auf und weiter ging es. Sie erreichten ohne weitere Verluste die Reihe der hochgewachsenen Thujen. Ein schwerer Motor dröhnte. Deutlich war das Kettengerassel eines fahrenden Panzers zu hören.

„Achtung! Panzer!", ging es durch die Reihen.

Panisch suchten die Landser Deckung. Jemand hörte russische Stimmen und schoss ohne Ziel in den nebulösen Dunst. Das Echo war ein Vielfaches. Überall schlugen Projektile ein. Die Kavalleristen zogen die Köpfe ein. Maschinengewehre antworteten. Auch diese Garben wurden ziellos in das weißgrau des Nebels gefeuert. Die Bord-MG des russischen Panzers begannen zu feuern. Dann kehrte für einen kurzen Moment Stille ein. Die Maschinenwaffen schwiegen. Ein trockenes Klacken war zu hören. Jeder, der schon einmal näher als zwanzig oder dreißig Meter an einem T 34 lag, wusste dass es das Klacken vor dem Abschuss der Bordkanone war. Dieses Klacken und er brechende Schuss waren nur Sekundenbruchteile voneinander entfernt.

„Unten bleiben!", plärrte jemand aus der anderen Gruppe

Wumm

Die Panzergranate zischte über die Kavalleristen, deren Stellungen von den Russen scheinbar weiter hinten vermutet wurden, hinweg. Das Wabern des Mündungsfeuers war für einen Moment zu sehen. Majuschek wusste jetzt wo sich der Panzer befand. Angestrengt lugte er auf die Stelle. Ganz schwach waren die Konturen des Stahlkolosses zu erkennen. Genug für den Panzerjäger um die Raketenbüchse zum Abschuss fertig zu machen. Der Motor des Stahlkolosses schien im Leerlauf zu tuckern. Das Geräusch der arbeitenden Ventile blieb immer in gleicher Tonlage.

„Er steht!", flüsterte Majuschek seinem Nebenmann zu.

Kämmerer nickte stumm. Der Österreicher hatte gehörigen Respekt vor dem T 34.

Majuschek zielte, drückte ab und eine Rakete zischte aus dem Panzerschreck. Sie blieben in Stellung. Der verräterische Rauch vermengte sich mit dem trüben Grau des Morgennebels. Das Geschoß krepierte irgendwo. Das Ziel war verfehlt worden.

„Mist!", fluchte Majuschek, war jedoch bereit einen zweiten Schuss abzugeben.

Sie konnten einen russischen Offizier oder Unteroffizier hören. Mit heißerer Stimme wurden Befehle erteilt. Die Bordwaffen des Panzers feuerten weiterhin unablässig.

Wumm

Diesmal detonierte die Panzergranate zwischen ein paar nachrückenden Landsern. Gellende Schreie waren zu hören, krochen wie Gespensterstimmen in die Köpfe einiger Soldaten und begannen diese langsam zu zermürben. Rufe nach Sanitätern häuften sich.

Majuschek konzentrierte sich erneut, glaubte richtig zu liegen und feuerte seine Raketenbüchse ein zweites mal ab.

Wumm

Als das Sprenggeschoß mit lautem Getöse die Panzerung des T 34 durchschlug, zuckte ein greller Blitz im Nebel auf. Krachend folgten weitere Explosionen. Durch die trübe Wand waren Flammen, begleitet von dunklem Rauch, zu erkennen. Die schwarze Färbung stammte vom brennenden Öl. Beißender Geruch schwebte in der Luft. Nur Sekunden später tauchten sie auf. Rotarmisten. Eingehüllt in wattierter Uniform, die Füße in warmen Filzstiefeln steckend, waren sie beinah genauso überrascht den Feind plötzlich gegenüber zu stehen, wie die Kavalleristen, die in ihren Tarnuniformen steckten. Die Gegner starrten sich unerwartet in die Augen. Beide Gruppen rissen nach einer Schocksekunde die Münder auf.

„Urähhh!", kam es aus den Kehlen der Russen.

„Angriff!", schmetterte ihnen Bauer entgegen.

Das Hurra seiner aufspringenden Kameraden verlieh ihm Mut. Im Augenwinkel sah er von Leipheim, der sein ganzes MP-Magazin in die Körper zweier verdutzter Sowjets leerte. Fieberhaft versuchte der Offizier nachzuladen, schaffte es aber nicht auf Anhieb das gefüllte Reservemagazin einzuführen. Ein dicht neben ihm stehender Nachrichter brach getroffen zusammen. Mit schnellen Schritten lief der Unterscharführer zu seinem Zugführer. Die MP 40 hielt er dabei auf Hüfthöhe und gab immer wieder kurze Feuerstöße ab. Der russische Offizier mit der heißeren Stimme tauchte auf. Es war ein Unterleutnant. Unaufhörlich donnerte er Befehle aus. Wild funkelten die Augen des Rotarmisten, als er auf Untersturmführer von Leipheim anlegte. Zwei Geschoße aus Bauers Maschinenpistole trafen den Unterleutnant in die Seite. Er taumelte. Dabei gab er eine kurze Salve aus seiner PPSch 41 ab. Da der Lauf der Waffe nach unten zeigte, gruben sich die Projektile allesamt in die gefrorene Erde. Von Leipheim warf panisch das Stangenmagazin auf den Boden und fummelte umständlich seine 08 aus dem Holster. Mit zittrigen Händen zielte auf den verwundetcn Russen, drückte aber nicht ab.

Sein Zug stürmte weiter auf den Feind zu. Das „Hurra!" vermengte sich mit dem russischen Schlachtruf. Spaten wurden geschwungen, Bajonette in Leiber gestoßen. Majuschek spürte einen harten Schlag an der Brust. Sein Herz krampfte sich urplötzlich zusammen. Das Atmen brannte wie Feuer. Er musste Blut spucken. Neben ihm stand Kämmerer. Dieser riss die Waffe nach oben und drückte mehrmals ab. Vor ihnen waren zwei Sowjets aufgetaucht. Der vordere Russe erhielt zwei Schüsse in den Oberkörper, der dicht hinter ihm befindlich Sowjet einen Treffer in den Kopf. Kalter Schweiß rann von der Stirn des Österreichers. Der Lauf seiner Waffe zeigte weiterhin drohend in Richtung des Feindes. Entgegen seiner schlimmsten Befürchtung tauchte keine dritte Gestalt vor ihm auf. „Majuschek!", rief er und beugte sich über seinen tödlich verwundeten Kameraden. „Majuschek, mach keinen Blödsinn!"

Panisch riss Kämmerer die rot eingefärbte Feldbluse des Panzerjägers auf. „Halte durch!"

Gleichzeitig erschlaffte der Körper des Mannes aus Siebenbürgen. Das Gesicht wirkte wächsern, der Blick gebrochen. Majuschek war tot.

Der zweite Zug rückte nach. Brüllende Männer zogen an Kämmerer vorbei und drängten die Sowjets zurück.

Von Leipheim stand nach wie vor still da. Bauers Nähe schien den Zugführer zwar etwas zu beruhigen, doch irgendwie wirkte er abwesend und angespannt zugleich.

„Der Offizier könnte wichtig für uns sein!", brüllte ihm Bauer entgegen. Der Unterscharführer hatte erkannt, dass der russische Unterleutnant noch lebte. Außerdem wimmerte der getroffene Nachrichter vor Schmerzen. Von Leipheim nickte lediglich. Bauer rannte nach vorn, kniete sich neben dem angeschossenen Nachrichter ab und kramte das Verbandspäckchen hervor. „Halten Sie ihn in Schach!"

Sanitäter kamen angelaufen. Mit ihnen rückte der Schwadronsführer an. Der Hauptsturmführer erteilte ein paar Befehle. Ein Melder lief im Zickzack-Kurs zwischen den Grabreihen durch. „Von Leipheim, packen Sie den Russen an der äußerst rechten Flanke! Wir müssen nachsetzen!", kam als nächstes über die Lippen des Schwadronsführers. Anschließend wies er einem Sanitäter an, den russischen Offizier zu versorgen.

Wie in Trance lief der junge Offizier weiter. Bauer und der Zug folgten. Der Angriff wurde weiter vor getragen. Grabreihe um

Grabreihe, Gruft um Gruft und Weg für Weg wurden genommen. Der Morgennebel hatte sich zwischenzeitlich gelichtet. Bauer lag hinter dem breiten Marmorstein eines Familiengrabes. Seit mehr als zwanzig Minuten stockte der Angriff. Ein russisches Maschinengewehr kontrollierte die vor ihnen befindliche freie Fläche. Das russische MG-Nest war mitten in einer Gruft postiert, deren Granitaufbau dem Schützen beste Deckung bot. Wenn es jemand wagte, aufsprang und ein paar Meter vorrückte, wurde er sofort mit gezielten MG-Garben eingedeckt. Der Rotarmist hinter dem Degtjarjow DP 1928 beherrschte sein blutiges Handwerk. Einige Landser der zweiten Gruppe bezahlten ihre Kühnheit bereits mit dem Leben.

„Der Iwan kontrolliert die ganze Fläche!", plärrte Bauer zu Untersturmführer von Leipheim, der hinter der Grabstätte nebenan lag. Der Offizier war nervlich sichtlich am Ende. Bauer fragte sich, wo genau in Italien der Zugführer seine Fronterfahrung gesammelt hatte, bevor er hierher nach Budapest kam und den Zug von Weberknecht übernahm. Andererseits fiel ihm sein eigenes erstes Gefecht ein. Auch er musste lernen, wie man sich im Kampf verhält, wie es sich anfühlte einen Menschen zu töten, um nicht selbst getötet zu werden. Oder wie es war, seine Kameraden sterben zu sehen. Soldat zu sein bedeutete mehr als nur die Uniform anzuziehen und Waffen zu reinigen.

Entweder der Untersturmführer würde es heute noch lernen oder er würde sterben, waren die Gedanken des Kavalleristen. „Wir müssen ihn ausschalten!", schob er lautstark nach.

„Der Magazinschacht meiner MP ist defekt! Ich habe das Magazin nicht einführen können!", kam es zurück.

Wieder ratterte das russische Maschinengewehr. Diesmal schlugen die Geschosse zwanzig Meter neben Bauer ein und fetzten kleine Gesteinsbrocken aus dem Grabstein, hinter dem Reis und Zubisch Deckung gefunden hatten. Jedes Mal wenn die deutsche MG-Besatzung ihre Waffe zum Einsatz bringen wollte, pfiffen ihnen Projektile um die Köpfe, und sie mussten das MG 42 hinter die Deckung ziehen, damit es nicht durch Zufallstreffer beschädigt wurde.

Bauer handelte instinktiv. Er trug immer noch das Scharfschützengewehr mit sich. Er prüfte die Waffe, wagte mit der nächsten Salve einen Blick durch das Zielfernrohr und erkannte deutlich den Kopf des russischen MG-Schützen. Sofort ging er wieder hinter dem Marmorstein in Deckung. Links neben ihm lagen Förtsch und Kämmerer. „Reis soll den Russen ablenken!", rief er ihnen zu.

Der Rottenführer verstand und gab den Befehl weiter.

„Ablenken? Frank hat vielleicht Nerven. Wie sollen wir das machen ohne uns 'ne Kugel einzufangen? Ich bin doch keine Zielscheibe", schimpfte Reis.

Zubisch dachte nach, griff sich an den Stahlhelm und löste den Lederriemen unter dem Kinn. Er hatte eine Idee. „Mit dem ältesten Soldatentrick der Welt", schlug er vor, nahm den Stahlhelm vom Kopf und steckte ihn auf den Metallstab, mit dem er üblicherweise die eingebrannten Hülsenreißer aus den MG-Läufen kratzte.

Bauer erkannte das Vorhaben des MG-Schützen II und machte sich bereit. In dem Moment, als Zubisch den Stahlhelm ein Stück weit über den Grabstein hob, und das russische Maschinengewehr losratterte, brachte er das Mosin-Nagant in Anschlag. Alles musste schnell gehen. Mehr wie ein oder zwei Feuerstöße gab der Rotarmist nie auf eine Stelle ab, sondern schwenkte er die Waffe sofort herum, um in eine andere Richtung zu feuern. Das machte ihn unberechenbar. „Ein gewiefter Hund", stieß Bauer aus. Durch das Zielfernrohr war der sowjetische Schütze gut zu erkennen. Es war ein komisches Gefühl, seinen Gegner durch ein Zielfernrohr zu betrachten. Es hatte etwas von einer ungleichen Jagd. „Nicht denken! Zielen schießen. Er hat schon einige deiner Kameraden niedergemäht", rügte sich der Unterscharführer selbst.

Alles weitere passierte binnen Sekundenbruchteilen. Der Unterscharführer hatte den Russen im Visier, dieser schwenkte seine Waffe herum, nachdem der Stahlhelm von Zubisch nach ein paar Treffern weggeflogen war. Bauer drückte ab. Der Sowjet sackte augenblicklich zusammen, Reis feuerte mit dem MG 42 auf das Grabmal und von Leipheim sprang auf. „Vorwääärts", brüllte der Offizier. Heller Atemdunst schwebte vor dem Mund des Zugführers.

„Hurraaaa", stieß Bauer aus und rannte ebenfalls auf die russischen Widerstandsnester zu.

Ohne dem Degtjarjow DP 1928 im Rücken brach der Kampfgeist der Sowjets schnell zusammen. Das Feuergefecht flachte ab. Der Feind zog sich Schritt für Schritt zurück.

Den Männern der Waffen-SS gelang es schließlich die Rotarmisten gänzlich aus dem Farkásreter Friedhof zu drängen und diesen erneut selbst zu besetzen. Wie ein Fjord ragte das Gebiet in die von Sowjets besetzten Häuserzeilen rund um das Friedhofsgelände hinein. Die HKL war verschwommener denn je. Unmittelbar nach der Wiedereinnahme der großen Begräbnisstätte, begann eine starke Schwadron der „Florian Geyer" damit aus dem Friedhof eine kleine Festung voller Widerstandsnester zu bauen. Schwere Infanteriewaffen, vornehmlich MG 42, bildeten das Rückgrat dieser Stellungen. Strategisch wichtig gelegene Gräber, Grabmale und Grufte wurden von Särgen befreit. Aus den leer stehenden Wohnungen der angrenzenden Häuser holten sie brauchbare Utensilien. Türen wurden über offene Gräber gelegt und bildeten Dächer. Decken wärmten, Vorhänge dienten teils zur Tarnung, teils als Wetterschutz. Nachts schwärmten Stoßtrupps aus und fügten den Sowjets immer wieder herbe Verluste zu, indem sie aufgrund der unklaren Frontlinie im Rücken der Rotarmisten zuschlagen konnten.

Dennoch verschlechterte sich die Gesamtlage erheblich. Nach dem Scheitern der Entsatzversuche verstärkte die Rote Armee ihre Angriffe in Budapest wieder. Die Versorgung für die Eingeschlossenen wurde immer dramatischer. Als Tagesration gab man für jeden Soldat eine Scheibe Brot, 5 Gramm Fett und etwas Pferdefleisch aus. Neben dem Hungertod drohte der Kältetod. Selbst die Donau war zeitweise zugefroren. Auch die Versorgung der Verwundeten nahm katastrophale Ausmaße an. Schmutzig blutige Verbände wurden den Verstorbenen abgenommen und sofort für neu eingelieferte Verwundete verwendet.

Aufgrund enorm hoher Verluste, änderte die Rote Armee im Straßen- und Häuserkampf ihre Taktik. Wie schon in Stalingrad, wurden starke Kampfgruppen gebildet. Je nach Bedarf griffen diese mit einer Stärke zwischen zehn und dreißig Soldaten ein einziges Haus an. Begleitet wurden sie oftmals von Flammenwerfer-Kommandos. Zusätzlich nisteten sich immer mehr Scharfschützen in den Trümmern ein. Trotz des Scheiterns der *Unternehmen Konrad I, II und III* verbot Hitler nach wie vor den Ausbruch aus dem Kessel. Um strategisch wichtige Gebäude entbrannten härteste Kämpfe. Zusätzlich begannen, getrieben von Hunger, nächtliche Jagden auf die zwischen den Ruinen niedergegangenen Versorgungsbehälter.

Bauers Schwadron war zu einer kleinen, aber gut bewaffneten Kampfgruppe zusammengeschmolzen. Der Unterscharführer war froh, dass er nicht auf dem Friedhof bleiben musste. „Wenn ich daran denke, dass ich jetzt zwischen zwei Urnen sitzen müsste, bekomme ich Gänsehaut, und das nicht von der Kälte", sagte er. Sie hockten in einem Keller und wärmten mit einem Esbitkocher Wasser auf.

Das Haus stand nur noch zur Hälfte. Eine Außenwand war nach ein paar Bombentreffern russischer Schlachtflieger zur Hälfte weggebrochen. Förtsch hatte die leer stehenden Wohnungen durchstöbert und eine Dose Zucker, sowie etwas Tee gefunden. „Fressalien wären mir zwar lieber gewesen, aber eine heiße Tasse Tee ist auch nicht zu verachten", hatte er mit breitem Grinsen gesagt.

Die Gesichter waren wieder einmal mit Stoppelbärten überzogen. Die Uniformen wirkten zerschlissen und schmutzig. Ein paar Hindenburglichter spendeten schwaches Licht. Die allgemeine Stimmung war nicht gut. Meggerle war gefallen. Ein russischer Scharfschütze hatte ihm eine Kugel mitten in den Kopf geschossen. Auch Unterstulmführer von Leipheim war nicht mehr am Leben.

„Er hat ´nen Frontkoller bekommen!", hatte Bauer erzählt. „Ist einfach aufgestanden und losmarschiert. Immer wieder hat er vor sich hin gelabert, dass seine Maschinenpistole defekt war und er deshalb das blöde Stangenmagazin nicht einführen konnte. Den Blick, den er mir zugeworfen hat, werde ich wohl nie vergessen. Richtig unheimlich war das! Naja, jedenfalls ging er schnurstracks zur Donau runter und dort aufs Eis. Ein paar Jungs wollten ihn noch wegzerren, doch der Iwan feuerte schon. Wenn die Russen den Zugführer nicht erwischt hätten, wäre er im Eiswasser abgesoffen."

„Wer weiß", hatte Förtsch geantwortet. „Vielleicht hat er sich nur etwas Leiden erspart. Wenn wir nicht bald wieder etwas Nahrhaftes zum Essen bekommen, wird uns der Tod auch abholen!"

„Hungertod oder Ruhr! Was für eine Wahl?", meinte ein anderer.

Das war drei Tage her. Gestern waren vier neue Landser zur Gruppe gestoßen. Sie wurden eingegliedert um die Schwadron kampffähig zu halten. Es handelte sich um die Sturmmänner Kornel, wieder ein Mann aus Siebenbürgen, und Detterbeck, einem waschechten Friesen. Beide gehörten vorher zum Tross. Die anderen hießen Schmalzl und Gerstmann, zwei Österreicher, deren Zug in den letzten Tagen fast komplett aufgerieben wurde. Sie waren MG-Schützen und erhöhten mit ihrem mitgebrachten MG 42 die Feuerkraft der Gruppe erheblich.

„Und du hast in dieser Bruchbude wirklich nichts zum Essen gefunden?", hakte Schmalzl, dessen rumorender Magen deutlich zu hören war, nach.

„Leider", zuckte Förtsch mit den Schultern. „Aber du kannst ja gern selbst noch einmal losziehen."

„Keiner geht hier raus", fuhr Bauer sofort dazwischen. „Jetzt ist es dunkel. Die russischen Scharfschützen sehen eure Silhouette und euer Taschenlampenlicht durch jeden noch so kleinen Riss in der Hauswand. Ich habe keine Lust schon wieder 'ne Hundemarke abzubrechen!"

„Mach dir keine Sorgen! Ich bin nicht lebensmüde! Ich wäre ohnehin nicht durch diesen löchrigen Bau marschiert, um für 'ne verfaulte Scheibe Brot abgeknallt zu werden."

Der Tee war fertig. Sie hockten auf leeren Holzkisten, die sie im Keller gefunden hatten. Das warme Getränk war eine Wohltat. Leises Schlürfen war zu hören. Aus den Bechern, die sie wegen des Wärmeeffekts mit beiden Händen hielten, dampfte es. Ein paar von ihnen kramten Zigaretten oder Tabak hervor. Schweigend begannen sie zu rauchen. An der Kellerdecke bildete sich schnell eine kleine, schwebende bläuliche Dunstwolke, die sich nach und nach durch ein kleines Oberlichtfenster mit zerbrochener Scheibe nach draußen verflüchtigte.

„Wie wird das hier wohl enden?"

„Die können uns doch nicht verrecken lassen!"

„Stalingrad!", erwähnte einer und löste damit sofort eine heftige Diskussion aus.

Schritte waren zu hören. Etwas rumpelte. Augenblicklich waren die Landser ruhig. Förtsch und Detterbeck griffen zu ihren Waffen. „Gruppe Bauer?", rief jemand durch den Kellerflur.

„Verdammt, das kann nichts Gutes bedeuten", schimpfte der Unterscharführer und antwortete. „Hier!"

Eine Taschenlampe wurde angeschaltet. Der Lichtschein bewegte sich, wurde größer, glitt über den Eingang des Kellerraums und erlosch schließlich. Schubert stand im Türrahmen. Er war der Mitarbeiter des Spießes und dessen rechte Hand. „Es gibt Arbeit!", sagte er unverblümt.

„Was ist denn los?", wollte Gerstmann wissen. Er und Schubert kannten sich gut. Beide stammten aus dem gleichen Dorf in der Steiermark.

„Hier bist du gelandet!", kam eher rhetorisch, als ernst gemeint. Schubert sprach gleich weiter. „Schräg gegenüber sitzt seit heute morgen der Iwan. Im obersten Stockwerk haben sich Scharfschützen eingenistet. Sie haben von dort beste Sicht auf die beiden großen

Straßen. Wir müssen den Russen dort rauswerfen, zumal sie ständig die Kanoniere des 10,5 cm Geschützes niedermähen!"

„Meinst du den Prachtbau mit den großen Balkonen zur Hauptstraße hin?"

„Genau das Teil meine ich!"

„Welches Geschütz?", kam eine Zwischenfrage von hinten.

„Die Ungarn haben am Ende der Hauptstraße ein 105er in Stellung gebracht. So lange es dort steht, kann kein Panzer durchbrechen. Das Rohr regiert den ganzen Straßenzug!"

„Dann sollen sie doch das verdammte Haus mit dem Geschütz wegputzen!"

„Ein paar Treffer haben sie schon gelandet, aber nachdem der zweite Richtschütze binnen ´ner halben Stunde mit Kopfschuss niedergestreckt wurde …, ihr wisst schon, was ich sagen will, oder?"

„Sind wir allein?"

„Ja und nein! Der Chef führt die zweite Gruppe. Das Nachbargebäude muss ebenfalls geräumt werden. Wir treffen uns in genau …", er hielt seine Armbanduhr in die Nähe eines der Hindenburglichter und las die Zeit ab, „… zwei Stunden im Hinterhof dieser Bruchbude!"

„Haben die Iwans das Haus mit Flammenwerfern genommen?"

„Woher soll ich das wissen? Ihr sitzt ihnen gegenüber, nicht ich!"

„Aber wir waren die ganze verdammte Nacht unterwegs um Versorgungsbehälter zu bergen. Hast du das vergessen?", brummte Gerstmann.

„Ach ihr ward das? Ich habe mich gefreut, dass wir endlich wieder was zum Futtern bekommen, dann schleppt ihr ausschließlich Munition an."

„Du weißt schon, was im dritten Behälter war, oder?"

„Da war noch einer?"

„Ich könnte mich jetzt noch vor Wut grün und blau ärgern."

„Warum denn? Habt ihr den dritten Behälter verloren, oder zurück lassen müssen?"

„Im Gegenteil. Wir hatten ihn, aber als wir ihn öffneten, fanden wir nichts anderes, als Auszeichnungen und Urkundenvordrucke. Wir hätten die ganze Division mit Eisernen Kreuzen versorgen können!"

Achselzuckend verließ Schubert den Keller. „Ich muss zum Alten zurück", raunzte er. „Eiserne Kreuze! Diese Schmalzhirne sind verrückt. Schicken ´nen Behälter mit Scheißdreck zu uns runter", moserte er laut hörbar.

„Leute, genießt euren Tee, danach kontrolliert ihr die Waffen. Haben wir noch ´ne Kiste mit Handgranaten?"

Förtsch nickte. „Die müssen wir nur noch einsatzklar machen."

„Auf geht´s!"

Sie trafen sich im Hinterhof des Anwesens und erhielten ein paar Anweisungen. „Kommen Sie mit!", befahl der Schwadronsführer, woraufhin Bauer, Kämmerer und Förtsch folgten. Die anderen warteten indessen. Sie betraten eine der Ruinen und gingen dort in den ersten Stock. Zwei Männer hockten neben einem zersplitterten Fenster. Mit einem Scherenfernglas hatten sie das gegenüber liegende Gebäude beobachtet. Als sie den Schwadronsführer erkannten, gaben sie einen kurzen Bericht ab. „Eckhaus, ungefähr zwanzig Meter lang. Die Balkone gehen zur anderen Straßenseite raus. Das Haus hat vier Stockwerke. Die Granaten des ungarischen Geschützes müssen, wenn überhaupt, auf der anderen Seite eingeschlagen sein. Diese hier ist offensichtlich komplett unbeschädigt."

„Wie breit ist die Straße?", fragte Bauer sofort nach.

„Ihr müsst um die zehn bis fünfzehn Meter zurücklegen, falls du das meinst!"

„Türen? Tore? Hofzufahrt?"

„Nichts dergleichen!"

Bauer kratzte sich am Hinterkopf. „Willst du mich auf den Arm nehmen?", fragte er, während sein Blick den stumm dreinblickenden Hauptsturmführer streifte.

„Schau doch selber durch", schlug einer der Beobachter vor.

Der Unterscharführer ließ sich das nicht zweimal sagen. Er nahm das Scherenfernglas und lugte durch. „Eiferbibbsch! Des is nisch waa", sächselte er vor Schreck, fing sich wieder und drehte sich zu seinen beiden Kameraden um. „Auf dieser Seite ist tatsächlich keine Tür. Nur Hauswand und Fenster! Wenn wir die Bude durch die Fenster betreten wollen, werden die Russen uns das nicht leicht machen", meinte er süffisant. „Und wenn wir von der anderen Seite kommen, dürften wir bereits beim Überqueren der Straße die Hälfte der Männer verlieren! Zumindest, wenn das mit den Scharfschützen stimmt."

„Ihr Auftrag lautet das Haus einzunehmen", zischte der Hauptsturmführer förmlich aus. „Wir verfügen leider über keine Artillerie, die uns das ganze Teil wegsprengen könnte!"

„Aber ich könnte etwas aus der Wand wegsprengen", schlug Kämmerer vor. „Ich habe noch zwei Granaten für das Ofenrohr. Damit kann ich ein hübsches Loch in die Hauswand ballern!"

Der Hauptsturmführer war zufrieden. „Na also. Ich wusste ja, dass ich mich Sie verlassen kann", schob er mit etwas ruhigerer Stimme nach. „Wir greifen exakt um Mitternacht an, Bauer", sagte er schließlich und klopfte dem Unterscharführer fast väterlich auf die Schulter. „Wir müssen nur noch ein paar Tage aushalten, dann wird der Kessel von außen aufgebrochen", verabschiedete sich der Schwadronsführer.

Bundesarchiv, Signatur: Bild 146-1977-143-21, Foto: ohne Angaben

Häuserkampf - Soldaten mit Flammenwerfer und Maschinenpistole, 1939 - 1945

Nachdem er außer Sicht war, stieß Kämmerer den Sachsen an. „Glaubst du das, was er Alte gerade eben erzählt hat?"

„Ich hoffe es!"

„Kann ich es wieder haben?", zeigte einer der beiden Landser auf das Scherenfernrohr.

„Hier!"

Bauer, Kämmerer und Förtsch gingen aus dem Raum. Plötzlich krachte es. Erschrocken drehten sich die drei Kavalleristen um. Der SS-Mann, der das Scherenfernrohr übernommen hatte, lag regungslos auf dem Boden. Unter seinem Kopf bildete sich eine Blutlache. Sein Nebenmann presste sich kreidebleich an die Hauswand.

„Jetzt wissen Sie, dass wir hier sind", murmelte Bauer leise.

Es war zwei Minuten vor Mitternacht. Die Gruppe hatte sich im Hausflur versammelt. Lediglich die Landser mit den Maschinengewehren fehlten. Diese hockten in einer Wohnung. Sie hatten ihre Waffen einsatzklar gemacht und sollten sie pünktlich zu Angriffsbeginn aus den jeweiligen Fensterrahmen schieben, um die Stockwerke ihres Zielobjekts unter Dauerbeschuss zu nehmen. Sobald die MG 42 feuerten, wollte Kämmerer auf die Straße gehen und mit dem Panzerschreck ein Loch in die Hauswand sprengen. Aufgrund des Rückstrahls der Raketenbüchse, konnte diese ausschließlich im Freien abgeschossen werden. „Sofort nach der Sprengung stürme ich mit dem Rest der Gruppe das Haus. Das ist der Plan, Kameraden!"

Kämmerer runzelte die Stirn. „Ob der Scharfschütze noch auf dieser Seite auf Lauer liegt?", erkundigte sich der Österreicher, dem es immer mulmiger wurde.

„Es ist mehr als zwei Stunden her. Er hat seitdem keinen einzigen Landser mehr zu Gesicht bekommen. Niemand hat geraucht oder ein sonstiges Lebenszeichen von sich gegeben. Vorn ist wesentlich mehr los. Er wird schon wieder weiter gezogen sein!"

„Hoffen wir es", presste Kämmerer aus.

Der große Zeiger der Armbahnuhr rückte eine Minute weiter. Die Nerven der Männer waren kurz vorm Zerreißen. Der Herzschlag raste im Galopp. Punkt zwölf Uhr Mitternacht krachte und donnerte es los. Die zweite Gruppe begann mit dem Angriff.

„Los!", fuhr Zubisch den Schützen I an.

Nervös schob Reis den Lauf des MG 42 auf die Fensterbank. Die Furcht vor sowjetischen Scharfschützen war nicht zu übersehen. Schnell visierte er sein Ziel an. Erst einen Moment später, als der Abzugsbügel mit dem Zeigefinger nach hinten gedrückt wurde und das Maschinengewehr ratterte, fühlte er sich wieder sicher.

Fast gleichzeitig begann auch Schmalzl zu feuern. Kurze Garben in die Fenster sollten den Feind in Deckung zwingen und unten halten.

„Wechsel!", forderte Zubisch, doch Reis schoss unbeirrt weiter. Das Schlussbild war zu gut. Er hatte eher das Gefühl erst wieder verletzbar zu sein, wenn er zu schießen aufhörte.

Krachend detonierte Kämmerers erste Rakete im Zielgebäude.

Als der Gurt durch war, zog Reis die Waffe zurück. Aufatmen. „Jetzt können wir wechseln!"

Eine zweite Detonation donnerte durch die Nacht. Sekundenbruchteile später hörte man das dumpfe Herabfallen einiger durch die Explosion herumgewirbelter Steine. Die Landser krochen vom Fenster weg, begaben sich in einen anderen Raum, legten einen neuen Gurt ein und Reis schob das MG wieder über die Fensterbank. Das war der Moment der Entscheidung. Würde er Opfer eines Scharfschützen werden, oder konnte er seine Waffe ins Ziel bringen und selbst schießen? Reis konnte schießen. Wieder belegte er die Fensterfront reihenweise mit seinen Garben.

Als die beiden Maschinengewehre losratterten war Kämmerers großer Moment gekommen. Ohne weiter nachzudenken, sprang er aus dem Haus. Längst hatte er die Stelle ausgesucht, auf die er die Rakete abfeuern würde. Zwischen zwei ausladenden Fenstern eines Zimmers schien die Hauswand am idealsten für einen zerstörerischen Treffer zu sein, da das Mauerwerk dort nicht von einer inneren Wand zusätzlich gestützt war. Kalter Schweiß bedecke die Stirn des Österreichers. Er riss den Panzerschreck hoch, visierte an und drückte ab. Der heiße Strahl schoss aus der hinteren Öffnung der Waffe, die Rakete zischte los und wuchtete sofort blitzend mit lautem Getöse ein.

Wumm

Glas klirrte, Steinbrocken wirbelten umher. Noch verhinderte die Detonationswolke einen klaren Blick. Schnell rannte Kämmerer ein paar Meter weiter nach links und warf sich sofort hinter das Wrack eines ausgebrannten Autos. Auch er erwartete den trockenen Schuss eines Scharfschützen. „Ob ich den Schuss krachen höre, oder vorher schon tot bin?", fragte er sich im Gedanken.

„Mach schon!", plärrte Bauer. „Die zweite Granate!"

Zeit entschied über Leben und Tod. Nur das schnelle Eindringen in das Haus gewährleistete Erfolg. Noch schlugen die Projektile der beiden MG 42 in die Fenster dieser Hausseite ein. Gegnerisches Feuer war nicht zu erkennen. Kämmerer lud nach. Er brachte den Panzerschreck in Anschlag, war sofort im Ziel und drückte erneut ab. Die Detonation seines Sprenggeschosses hörte er nicht mehr. Das Projektil eines russischen Scharfschützen drang durch das Auge des Österreichers in dessen Kopf, zerfetzte das Kleinhirn und wuchtete beim Austritt ein faustgroßes Loch in die hintere Schädeldecke. Kämmerer war sofort tot. Ein zweiter Schuss war dem Rotarmisten mit der Präzessionswaffe verwehrt, denn als die Gruppe der deutschen Soldaten über die Straße lief und er für einen Moment freies Schussfeld gehabt hätte, hieben die Geschoße eines Maschinengewehrs genau durch das Fenster, hinter dem er lauterte. Fluchend musste er in Deckung gehen. Der Feind drang ins Haus ein. Der Jäger wurde zum Gejagten.

„Lauft!", stieß Bauer aus und hetzte über die mit Steinen und Trümmern übersäte Straße. Rechts hielt er die MP 40, mit der linken Hand umklammerte der Unterscharführer eine zum Wurf fertige Stielhandgranate 24. Die Abreißschnur baumelte beinah unsichtbar hin und her. Der abnehmende Mond kletterte in sein letztes Viertel. Er spendete gerade so viel Licht, dass man die Auswirkung des Einschlags gut sehen konnte. Zwischen den beiden Fenstern hatte der Sprengkopf ein beinahe manngroßes Loch aus der Hauswand gewuchtet, welches sich zum rechten Fenster hin vergrößerte, da dieses komplett zerstört wurde. Ein Teil des Holzrahmens ragte in die Öffnung. Er war mit gefährlichen, spitzen Splittern versehen. Von diesem Loch ausgehend zog sich ein Riss durch die gesamte Fassade. Stimmen, Rufe und schnelles Stiefelgetrampel war zu hören. Sie hatten den Feind im Schlaf überrascht.

Schliefen sie im Keller und rannten die Treppe nach oben, oder hatten sie in einem der oberen Stockwerke geruht, schoss fragend durch das Unterbewusstsein des Unterscharführers. Bauer wollte nichts dem Zufall überlassen. Kaum hatte er die Hauswand erreicht, zog er die Abreißschnur, schleuderte die Stielhandgranate durch die Öffnung und lehnte sich an die kalte, steinerne Fassade. Sofort nach der Explosion schwang sich der Sachse herum, schlug mit dem Lauf der MP 40 den zersplitterten Holzrahmen gänzlich ab und stieg in das Haus. Immer noch war die Luft mit Staubpartikeln und Pulverschmauch geschwängert. Das Atmen fiel schwer. Schnell hatten sich die Augen an das diffuse Licht gewohnt. Der Raum war feindfrei. Nach und nach drängte die Gruppe in die Wohnung.

„Wir sichern erst das Erdgeschoß und den Keller. Nehmt euch Wohnung für Wohnung vor. Förtsch, du deckst mit deiner Schmeisser die Treppe ab! Los geht´s!"

Reis und Zubisch verlegten ihre Stellung um ein Stockwerk nach unten. Beide sollten vor Ort bleiben. Sie hatten jetzt den Auftrag die Straße zu kontrollieren. Sobald die Sowjets von außen Unterstützung bekämen, sollte die MG-Besatzung eingreifen.

Schmalzl und Gerstmann hingegen verlegten ebenfalls in das zu stürmende Gebäude. Der Schütze I hatte sich die Waffe umgehängt und konnte jederzeit aus der Hüfte feuern. Zur besseren Handhabung war eine Gurttrommel aufgesetzt. Als beide nachgerückt waren, übernahm Schmalzl sofort die Aufgabe von Förtsch, der sich gemeinsam mit Langer in den Keller begab. Gerstmann blieb bei Schmalzl stehen. Kaum war der Rottenführer weggegangen, jagte Schmalzl einige Salven nach oben. Aufgetauchte Gesichter verschwanden. Eine Handgranate polterte die Treppe hinunter. Der Österreicher warf sich sofort durch eine offen stehende Tür in den Flur der angrenzenden Wohnung. Berstend bohrten sich Splitter in das Holz der Türzargen. Drei Rotarmisten rannten unmittelbar nach der Explosion die Treppe hinunter. Detterbeck, Bauer und Kornel stürmten aus der Wohnung, die gegenüber der von Schmalzl lag. Im Flur angekommen, schossen die Landser sofort. Sekundenlang waberte Mündungsfeuer an den Rohren der Waffen. Flackerndes Licht zuckte blitzartig durch das Dunkel des Treppenhauses. Konturen von Männern waren zu erkennen. Alle drei Sowjets erhielten mehrere Treffer. Sterbend fielen sie hin, rumpelten ein paar Stufen hinunter und blieben beim Treppenansatz liegen. Detterbeck machte eine Handgranate scharf und schleuderte sie nach oben.

Wumm

„Rauf!"

Sie stiegen die über die Körper der gefallenen Rotarmisten hinweg und stürmten die Stufen nach oben. Vom vielen Knallen waren die Ohren halb taub. Schmalzl und Gerstmann machten sich ebenfalls bereit. Sie wollten ihren Kameraden folgen, genauso wie Förtsch und Langer, die aus dem Keller zurück ins Erdgeschoß rasten. Detterbeck befand sich an der Spitze der SS-Männer. Da er kaum etwas erkannte, jagte er eine Salve nach der anderen aus dem Lauf seiner Maschinenpistole. Als er sich verschossen hatte und der Bolzen leise klackte, zückte er eine Handgranate.

„Weiter!"

Kornel und Bauer drängten von hinten. Beide standen noch auf der Treppe, als eine der Türen im ersten Stock aufgestoßen wurde.

Detterbeck hielt eine Handgranate zum Wurf bereit. Alles spielte sich in wenigen Augenblicken ab. Der Landser erkannte die Umrisse des im Türrahmen stehenden Rotarmisten. In dem Moment, als er begriff was gleich geschehen würde, erschrak er zu Tode und warnte dennoch seine Kameraden. Gleichzeitig zog er die Abreißleine der Stielhandgranate. „Haut ab! Flammenwerfer!", kreischte er. Die Stimme war schrill, laut und angsterfüllt. Der Kavallerist der „Geyer" wusste, dass er im nächsten Moment sterben würde. Für ihn gab es definitiv kein Entkommen. Es war zu spät zum Flüchten.

Mitten im Warnruf schoss der Flammstrahl auf ihn zu. Detterbeck stieß die entsicherte Handgranate nach vorn. Im nächsten Moment stand er in Flammen und zappelte als lebende Fackel herum. Explosionsartig breiteten sich höllische Schmerzen über seinen gesamten Körper aus. Der Mund des Soldaten öffnete sich um zum Schrei. Die Lippen platzen auf, das Blut kochte. Detterbeck konnte das verbrannte Fleisch nicht riechen, da die Sinnesorgane nicht mehr funktionierten. Nach nur zwei Sekunden, die für ihn jedoch ewig dauerten, war das Leiden zu Ende. Die detonierende Handgranate wuchtete dutzende Splitter in den lichterloh brennenden SS-Mann und erlöste ihn von seinem Leiden. Auch der russische Soldat, der die Düse des Flammenwerfers immer noch in Richtung von Detterbeck hielt, wurde ein Opfer der Handgranate. Die Druckwelle wuchtete ihn nach hinten. Splitter fetzten durch seinen Leib und durchbohrten auch die beiden Behälter des Flammenwerfers. Den für das Treibmittel und den mit dem Flammöl. Das Schicksal nahm seinen Lauf. Das gesamte Flammöl entzündete sich augenblicklich. Blitzartig jagte eine feuerballähnliche Wand durch das obere Stockwerk. Das trockene Holz des Treppenhauses fing rasend schnell Feuer. Die Flammen züngelten in jede Richtung. Schreie wurden laut. Hektik pur brach unter den Rotarmisten aus, die das Stockwerk besetzt hielten.

„Raus hier!", plärrte Bauer und zog Kornel mit nach unten.

Sie nahmen drei Stufen gleichzeitig. Bauer blieb mit einem Bein an einem der gefallenen Russen hängen, verlor das Gleichgewicht und stürzte zu Boden. Blitze zuckten in seinem Kopf, als er mit dem Knie auf dem Lauf einer russischen PPSch41 aufkam. Höllischer Schmerz durchströmte ihn. „Ahh! Verdammter Mist, tut das weh", schrie der Unterscharführer und blieb für einen Moment liegen. Er war einer Ohnmacht nahe. Kräftige Hände zogen ihn nach oben.

„Steh auf!", keuchte Förtsch.

Von draußen hörten sie Maschinengewehrfeuer. Über ihnen wurde das Gebrüll der Rotarmisten, die dem Feuertod geweiht waren, immer lauter. Der Fluchtweg über die Treppe war für die Todgeweihten unpassierbar. Nur ein Sprung nach draußen konnte sie retten, doch der war ebenso tödlich, wie die gierig nach ihnen leckenden Flammen. Dort wurden sie vom Maschinengewehrfeuer der Hitlersägen erwartet.

Beißender Rauch trieb durch das Treppenhaus nach oben. Durch die zerschossenen Fenster erhielt das lodernde Feuer genügend Sauerstoff, um sich binnen kürzester Zeit bis zum Dachgeschoß durchzufressen. Der russische Scharfschütze, der sich dorthin zurückgezogen hatte, band hastig ein Tuch vors Gesicht. Panikartig hieb er mit dem Schaft seiner Waffe Ziegel weg. Der Überlebenswille schien ihm übermenschliche Kräfte zu verleihen. Nachdem er auf das Außendach geklettert war, entdeckte ihn Zubisch. Der Schütze II gab Reis einen kurzen Hinweis. Der Lauf des MG 42 wurde geschwenkt. Zwei Feuerstöße später rollte der Leichnam des Mannes, der Kämmerer erschossen hatte, vom Dach des niederbrennenden Budapester Hauses.

Nach Sauerstoff ringend, rettete sich Bauers Gruppe nach draußen. Bis auf Detterbeck konnten sich alle aus der Flammenhölle retten.

„Ich habe nicht gesagt, dass Sie das Haus einäschern sollen, ich habe den Befehl gegeben, das Haus von den Russen zu befreien", donnerte der Hauptsturmführer später. „Wir mussten wegen Ihnen den gesamten Angriff zurückfahren! Das Feuer hat schlimm gewütet. Drei Häuser sind nur noch Schutt und Asche. Eines davon wollte ich unbedingt mit eigenen Kräften besetzen. Das wäre strategisch unverzichtbar gewesen!"

„Die Russen selbst haben das zu verantworten", wehrte sich Bauer. Er saß auf einer der Holzkisten und nahm die Rüge teilnahmslos zur Kenntnis. Das verletzte Knie war stark angeschwollenen, das Hosenbein hochgekrempelt und das verletzte Bein ausgesteckt. Der Unterscharführer wirkte müde und ausgelaugt. Mit ruhiger Stimme erzählte er was sich zugetragen hatte.

Der Schwadronsführer hörte sich den gesamten Bericht an, schnaufte ein paarmal kräftig durch und ruderte zurück. Der Ton wurde friedlicher. „Wie geht es Ihrem Bein?"

„Wird schon wieder werden. Ich mache mir ein paar kalte Wickel, damit die Schwellung zurückgeht."

„Sehen Sie zu, dass Sie wieder auf den Damm kommen, Bauer. Der Russe wird sich heute Nacht sicherlich revanchieren."

„Ich werde mir schon ein Plätzchen suchen. Da ich ohnehin nicht viel herum latschen kann, spiele ich ein bisschen mit dem Scharfschützengewehr."

„Mir wurde gemeldet, dass unweit von hier ein paar Versorgungsbehälter heruntergekommen sind. Sie verlegen mit ihrer Gruppe zwei Straßenzüge weiter zurück. Ihre Leute ziehen los und kümmern sich um die Bergung! Und Sie lassen sich ins Lazarett bringen. Noch funktioniert die ärztliche Versorgung. Schubert wird später Näheres bekanntgeben!"

In den Lazaretten funktionierte entgegen der Behauptung des Schwadronsführers nichts mehr. Es gab weder Verbandsmaterial, noch Desinfektionsmittel, geschweige denn adäquate Schmerzmittel. Die Luft in dem Militärkrankenhaus roch nach Karbol und Tod. Das Stöhnen der Verwundeten erfüllte die Räume. Man machte sich nicht einmal mehr die Mühe die Blutspuren der eingelieferten Soldaten wegzuwischen.

Bauer wartete im Flur, Förtsch und Langer, die ihn gestützt hatten, ebenfalls. Sie bemerkten wie eine Krankenschwester die durchgebluteten Verbände eines Verstorbenen abnahm, den Leichnam von zwei Hiwis wegbringen ließ und die gleichen Verbände sofort in den Operationsaal brachte. Minuten später trat ein SS-Arzt aus dem Raum. Seine ehemals weiße Schürze war ebenso rot, wie der soeben in das Zimmer getragene Verband. Der Mann wischte sich über die Stirn und nickte Bauer, sowie den anderen beiden Landsern zu. Eine Hand fuhr unter den weißen Kittel und tauchte mit einer Juno-Packung wieder auf. Der Arzt begab sich vor das Krankenhaus. Wenig später wurde die Tür zum Operationssaal erneut aufgestoßen. Eine junge und eine ältere Krankenschwester trugen eine Wanne nach draußen. Hierfür mussten sie an den wartenden Soldaten vorbeigehen. Alle drei Landser warfen einen Blick in die Wanne. Der Inhalt glich einer Blutsuppe mit Fleischeinlage. Als die Männer einen von Splittern zerfetzten, amputierten Unterschenkel in der Wanne schwimmen sahen, reichte es ihnen. Übelkeit und Unbehagen breitete sich aus.

„Bringt mich sofort hier raus", stöhnte der Unterscharführer.

„Bist du sicher", fragte Langer zwar noch einmal nach, hoffte aber innerlich, der Gruppenführer würde die Bitte nicht zurücknehmen.

„Wenn ich auch nur noch eine Minute hier bleibe, muss ich mich übergeben!"

„Mir wird auch etwas schummrig!"

„Bloß nicht vom Essen reden."

Bauer hakte sich links und rechts zwischen seinen Kameraden ein und humpelte mittig nach draußen. Vor dem Krankenhaus stand der Arzt von vorhin. Er trat gerade seine Zigarette aus, betrachte die drei Kavalleristen und fragte: „Soll ich mir das Bein mal ansehen?"

„Tut fast nicht mehr weh!"

„Zeigen Sie mal her!"

Fast widerwillig blieben sie stehen. Bauer holte tief Luft. „Mit Verlaub, aber ich gehe dort nicht mehr rein!"

„Was ist passiert?", fragte der Arzt, rang sich ein Lächeln ab und deutete auf das Knie.

Nachdem ihm der Vorfall berichtet wurde, tastete er das Knie ab. Bauer biss auf die Zähne. Er wollte mit Gewalt keine Schmerzen zeigen.

„Scheint eine gewaltige Prellung zu sein. Die Kniescheibe ist nicht zertrümmert. Ein paar Tage Ruhe und Sie können schon wieder allein herum humpeln. Lindern kann ich die Schmerzen leider nicht!"

„Danke! Mit dieser Auskunft bin ich schon zufrieden."

Das Haus, in dem die Gruppe jetzt untergebracht war, lag nur zwei Straßenzüge hinter der HKL, was schlichtweg bedeutete, dass sie sich statt in vermeintlicher Ruheposition, im Nu wieder an vorderster Linie befinden konnten. Das Dach war nach einem schweren Artillerietreffer zur Hälfte eingestürzt, die restliche Bausubstanz aber weitgehend in Ordnung. Linker Hand lagen Ungarn, rechts von ihnen die 3. Schwadron in Stellung. Reis und Zubisch hatten eine erstklassige Position für ihr MG 42 gefunden. Gute Deckung, bestes Schussfeld. Sie und Bauer blieben zurück. Förtsch sollte den angeordneten Spähtrupp führen. Der Auftrag lautete die Versorgungsbehälter zu suchen und zu sichern. Da außer ihm nur noch Langer, Schmalzl und Gerstmann zur Verfügung standen, sagte der Schwadronsführer Verstärkung zu. Schubert und drei weitere Männer tauchten 30 Minuten vor der angesetzten Abmarschzeit auf. „Überraschung", jubilierte der Mitarbeiter des Spießes. „Unser Chef hat etwas für euch getan!"

Die Gruppe versammelte sich. Lediglich Reis und Zubisch blieben in ihrer MG-Stellung.

„Unterscharführer Bauer", tutete Schubert halbförmlich aus.

Bauer war genervt. „Mach hinne! Die Zeit drängt!"

„Du bist ab sofort zum Scharführer befördert und bekommst das Eiserne Kreuz Erster Klasse verliehen. Wegen besonderer Tapferkeit vor dem Feind. Förtsch, Kämmerer und Reis erhalten das Eiserne Kreuz Zweiter Klasse! Die Urkunden gibt´s später, die Kreuze habe ich dabei. Und der Chef hat mir sogar zwei Schulterstücke für dich mitgegeben. Hier sind sie."

Vier Eiserne Kreuze und zwei Schulterstücke mit dem Dienstrang des Scharführers tauchten in der Hand des SS-Mannes auf.

„Kämmerer ist gefallen. Ich habe die Hundemarke dem Hauptsturmführer persönlich gegeben", pulverte Bauer schnippisch.

„Posthum", kam es leise über Schuberts Lippen. Er legte die Sachen auf den verstaubten Tisch, der vor ihm stand. Als er in wenig erfreute Gesichter blickte, wechselte er schnell das Thema. „Der Alte hat den Tross noch einmal ordentlich durchgesiebt. Erwartet nicht zu viel von den Jungs die ich mitgebracht habe. Bako ist Sanitäter, Fabrizius und Voglov waren in der Bäckereikompanie. Ein Gewehr hielten sie das letzte Mal während der Grundausbildung in den Händen!"

„Dann sollen sie mal ihr Gespür für Brot spielen lassen, damit wir den Versorgungsbehälter schneller finden", antwortete Förtsch mit gewissem Galgenhumor.

Bauer übernahm das Wort. „Schmalzl, du kannst meine MP haben. Gerstmann soll sich ebenfalls eine Schmeisser schnappen."

„Er kann meine nehmen. Ich habe mir vorgestern von den Ruskis eine PPSch41 mitgenommen. Das eingesetzte Magazin war noch zur Hälfte gefüllt. Zwei weitere volle Rundtrommeln habe ich auch noch ergattert", reagierte Förtsch blitzschnell.

„Einverstanden. Aber als erstes hilfst du mir hoch unters Dach. Wenn ich schon nicht richtig laufen kann, möchte ich wenigstens mit den Augen dabei sein."

„Kein Problem, Frank", sagte der Rottenführer. Er schnappte sich sein EK II und schob es in die Hosentasche. Gemeinsam mit Langer half er anschließend Bauer nach oben. „Welche Wohnung?"

„Keine! Bringt mich unters Dach!"

Sie gingen nach oben. Im Treppenhaus standen sie schließlich vor dem Aufstieg, der zum Dachboden führte.

„Die schmale Stufenleiter musst du schon selbst hochlatschen, anders geht´s beim besten Willen nicht."

Der frisch gebackene Scharführer, der mit Fernglas und seinem Mosin-Nagant ausgerüstet war, betrachtete den Dachbodenzugang. „Geht in Ordnung, aber ihr könntet mir aus einer der leer stehenden Wohnungen eine Matratze bringen. Eine Decke wäre auch nicht schlecht. Ich habe meine unten vergessen."

Etwas später lag er zwischen eingestürzten Dachbalken und einer kleinen Ziegelwand. Die Federkernmatratze war ausgeleiert und muffig, doch als Unterlage gut geeignet. Was die in der gleichen Wohnung gefundene Decke betraf, so glaubte Bauer, dass sie früher wohl einem Hund als Lagerplatz gedient hatte. Zumindest roch sie so. Da er seine Kameraden jedoch nicht noch mehr einspannen wollte, gab er sich damit zufrieden. Ein ungefähr drei Meter breites Loch auf der Giebelseite gewährte beste Sicht über das nächtliche Budapest. Bauer lag anfangs einfach nur da und genoss die Aussicht über die sterbende Stadt. Aus einer der Straßen wurde eine Leuchtkugel in den Nachthimmel geschossen. Bizarr flackerndes Magnesiumlicht hellte für einen Moment das steinerne Trümmerfeld der Ruinen auf. Ein Maschinengewehr begann zu feuern. Bauer hob das Fernglas an die Augen. Er erkannte aufgrund der im Patronengurt eingefügten Leuchtspurmunition die Schussrichtung des MG und folgte ihr. Das Ziel lag allerdings für ihn verdeckt hinter einer Häuserfront mit vorgelagertem Schuttberg. Trotz der Nachtkühle fror er nicht. Die nach nassem Hund riechende Decke war aus purer Wolle und erfüllte ihren Zweck. Sie wärmte ihn. Ein Blick auf die Leuchtzeiger seiner Armbanduhr folgte. Das Mondlicht reichte aus um das eingearbeitete Phosphor leuchten zu lassen. Seine Gruppe war ohne ihn in den Trümmern Budapests unterwegs. „Hoffentlich kommt ihr gesund wieder zurück", murmelte Bauer und kämmte mit dem Fernglas Haus für Haus ab.

Anfangs gingen sie dicht gestaffelt in Reihe. Später zog sich alles etwas auseinander. Schubert, der wusste wo die Versorgungsbehälter ungefähr gelandet waren, führte die Gruppe durch die Ruinenstadt. Sie trugen ihre Waffen schussbereit vor den Körpern. Im Fall eines Angriffs, konnten sie blitzschnell schießen. Förtsch, Langer und Kornel hatten zusätzlich je zwei Stielhandgranaten im Koppel stecken. Ein Trichterfeld und ausgebrannte Wracks zweier Panzer tauchten auf. Die Gruppe hielt sich nahe der Häuserzeilen. Immer wieder stiegen sie über kleinere und größere Schuttberge. Schubert erschrak beinah zu Tode, als er plötzlich angesprochen wurde. Er presste sich eng an die Hauswand, atmete kräftig durch und ortete die Stimme. Anschließend versuchte er den dazugehörigen Sprecher zu entdecken.

„Kameraden! Wo immer ihr hinwollt, dort vorn müsst ihr höllisch aufpassen! Der Iwan kontrolliert das freie Feld vor uns."

„Er liegt unter dem ausgebrannten Panzer", hauchte Kornel.

„Wir müssen noch ein Stück weiter, zu einer Fabrik, die hier in der Nähe sein soll", teilte Förtsch dem Mann unter dem Panzerwrack mit.

„Kenne ich. Die Gebäude sind schwer in Mitleidenschaft gezogen. Als wir drin lagen kamen die Sturmoviks und Iljuschins, als der Russe einzog, hämmerte unsere Ari rein. Danach wurden wir wieder rausgeschossen, woraufhin unsere Pioniere die Russen wegsprengten. Ein ewiges Hin und Her. Wer jetzt gerade in dem Schutthaufen sitzt weiß ich nicht."

„Wie kommen wir am besten dorthin?"

„Über das freie Feld. Die ehemaligen Fabrikhallen liegen nächst der Donau. Geht ganz am Rand. Ist ein bisschen länger, aber dafür sieht der Iwan nicht ganz so gut hin!"

„Was machst du denn da?"

„Warten!"

„Frag nicht so dumm nach, Schubert", zischte Gerstmann aus, der ahnte, dass der Mann unter dem Panzerwrack ein lauernder Scharfschütze war.

Die ersten drei Landser wechselten hinter dem Wrack die Straßenseite. Förtsch blieb kurz stehen. „Wenn du uns als Lockvogel benutzt, komme ich zurück und zieh dir die Haut ab!"

„Hier ist jeder ein Lockvogel, mein Freund. Wenn dir das Pflaster hier in Budapest zu heiß ist, dann wirf die Waffe weg und lauf über, wie die anderen Helden der Waffen-SS es so schön vorgemacht haben."

Wut schoss durch die Adern des Rottenführers. „Komm raus und ich werde …"

„Förtsch! Lass ihn! Ohne die 8.te wäre er schon längst tot!"

„Ihr seid von der *Geyer*?"

„So ist es", brummte Förtsch.

„Tschuldigung! Euren Haufen habe ich nicht gemeint! Auf euch ist Verlass!"

„Pass auf uns auf, dann sind wir quitt!"

„Keine Angst, das mache ich!"

Die Gruppe ging weiter. Sie hielten sich an den Ratschlag den Scharfschützen und bewegten sich ganz am Rand des freien Feldes. „Feld ist wohl der falsche Ausdruck", lästerte Kornel. „Zusammengeschossenes Gelände und Ruinenviertel wäre treffender gewesen!"

Vor ihnen befand sich ein komplett zerstörtes Areal. Vormals war es wohl mit Ein- oder Zweifamilienhäusern bebaut, die von kleineren Gartenparzellen umgeben waren. Auch Gartenlauben und Ähnliches könnten hier gestanden haben. Viele Gebäude waren niedergebrannt. Teils ragten auch Schutthalten bis zu drei Metern Höhe empor.

„Wie im Gebirge", pfiff der Rottenführer aus. „Bccilt euch! Mir gefällt es hier überhaupt nicht!"

Ein Maschinengewehr begann zu rattern. Die Projektile sausten weit über die Köpfe der Männer hinweg. Dann krachte ein einzelner Schuss. Das MG schwieg.

„War das unser Scharfschütze?", fragte einer der Landser.

„Er hat uns doch als seine Lockvögel benutzt", raunzte Förtsch.

„Und uns damit den Hintern gerettet", vervollständigte Gerstmann.

Sie zogen weiter, arbeiteten sich von Trichter zu Trichter, von Garten zu Garten und von Ruine zu Ruine voran. Endlich erreichten sie das Fabrikgelände. Entgegen allen Befürchtungen waren die zusammengeschossenen Hallen nicht besetzt. Weder deutsche, noch russische Soldaten wurden angetroffen. Scheinbar hatten beide Seiten das Interesse an diesem Ort des Schreckens verloren. Es lagen auch keine Toten herum. In einem Akt der letzten Gnade wurde vermutlich während eines kurzen Waffenstillstands das Gelände von Leichen gesäubert.

Ein paar hochragende Mauern der zerstörten Fabrikgebäude boten besten Schutz vor Feindeinsicht. Man konnte sich hinter ihnen frei und aufrecht bewegen.

„Hier müssen irgendwo zwei Versorgungsbehälter runtergekommen sein!"

„Sollen wir uns trennen?"

„Nein!"

Schreie gellten durch die Ruinen. Hoch und schrill.

„Das war ´ne Frau", haspelte Schubert nervös.

Die Soldaten eilten in die Richtung aus der die Rufe kamen. Weit mussten sie nicht gehen. Hinter der nächsten Fabrikwand wurden sie fündig. Im fahlen Mondlicht hoben sich ein paar Gestalten ab. Drei Menschen knieten am Boden, fünf standen daneben. Einer von ihnen fuchtelte mit einer Waffe herum. Er schmetterte unüberhörbar eine Schimpfkanonade ab. Zumindest hörte es sich der Tonlage nach so an. Förtsch registrierte, dass ungarisch gesprochen wurde. „Passt auf, Männer! Das sind Pfeilkreuzler! Denen traue ich nicht übern Weg. Haltet die Waffen bereit!"

Sie näherten sich der Gruppe. Um nicht für Russen gehalten zu werden, meldete sich Schubert lautstark an. „Was ist hier los!"

Sie wurden bemerkt. In kleiner Kettenformation näherten sich die Männer der Waffen-SS der Gruppe. Bei den knienden Leuten handelte es sich um drei Zivilisten. Genauer um eine Frau und zwei Männer. Neben ihnen befand sich ein Versorgungsbehälter. Der weiße Fallschirm wies eindeutig auf Lebensmittel hin. Die anderen Männer waren tatsächlich Pfeilkreuzler. Alle fünf trugen die entsprechenden Uniformen mit dem unverkennbaren Zeichen auf den Armbinden. Der mit der Pistole war ein Offizier. Förtsch traute seinen Augen nicht, als der Mann plötzlich die Waffe an den Kopf der Frau hielt und abdrückte. Danach erschoss er ihre beiden Begleiter. „Nein!", brüllte der Rottenführer entrüstet, brachte die russische Maschinenpistole in Anschlag und richtete den Lauf auf die Ungarn. Einer der Pfeilkreuzler ließ sich von Förtsch reizen, richtete seine Waffe auf die SS-Männer und gab hektisch einen Schuss ab, der sein Ziel jedoch weit verfehlte. Förtsch krümmte den Zeigefinger. Zuerst erschoss er den Offizier, dann zielte er auf den Ungarn, der geschossen hatte. Im Nu knallte es aus mehreren Waffen. Mündungsfeuer erhellte sekundenlang mit zittrigem Licht die Ruinen. Der Spuk des nächtlichen Feuergefechts dauerte weniger als eine Minute, danach kehrte Stille ein.

„Verdammter Mist! Was sollte das?", plärrte Schubert. Er zitterte. Aus dem Lauf seiner Waffe quoll kein Dunst. Er hatte nicht geschossen.

„Notwehr! Außerdem wollten sie unseren Versorgungsbehälter plündern", entgegnete der Rottenführer kurz. „Und du weißt was darauf steht, oder?"

„Streitet nicht! Die Russen sind nicht taub. Wenn wir Pech haben kreuzt bald ein Stoßtrupp von ihnen hier auf", stieß Gerstmann warnend aus.

„Oder noch mehr von diesen Pfeilkreuzlern! Lasst uns den verfluchten Behälter schnappen und abhauen", pulverte Kornel dazwischen und preschte zum Behälter vor. Einer der Ungarn lebte noch. Er atmete schwer. Bako kniete sich ab. Der Sanitäter wollte helfen. Förtsch klopfte auf die Schulter des Volksdeutschen. „Lass ihn hier verrecken! Das sind feige Mörder", meinte er verächtlich, dann drehte er sich zu den anderen um. „Aufnehmen und abhauen", befahl er mit strengem Ton und deutete auf die Versorgungsbombe.

„Und der andere Behälter?", fragte Schubert. „Hier soll noch einer runter gekommen sein!"

„Wir nehmen den hier und hauen ab!"

„Ich werde das dem Chef melden", schimpfte Schubert.

Förtsch antwortete nicht. Er setzte sich an die Spitze und führte die Gruppe zurück. Als sie die Hälfte des sogenannten freien Feldes überquert hatten, blieb er plötzlich stehen, lauschte und ging in die Hocke. Per Handzeichen warnte er die Landser hinter ihm. Deutlich waren Schritte zu hören. Geröll polterte. Jemand stellte eine Frage. Jeglicher Zweifel war beseitigt. Es wurde russisch gesprochen. Eiskalt durchfuhr es die SS-Männer, die nur durch einen etwa sechs Meter langen und eineinhalb Meter hohen Schuttberg von dem sowjetischen Stoßtrupp getrennt waren. Nervenkitzel pur. Minuten des Bangens. Den Stiefelschritten nach zu urteilen, musste es sich um eine mindestens zwanzig Mann starke Kampfeinheit handeln. Die Landser verhielten sich mucksmäuschenstill. Förtsch umklammerte eine seiner Stielhandgranaten. Sollte auch nur einer der Rotarmisten auf den Ruinenhügel klettern und sie entdecken, würde er sofort den Sprengkörper werfen.

Der Fragende erhielt eine Antwort. Wieder Schritte. Sie entfernten sich. Als nichts mehr zu hören war, wartete der Rottenführer noch geschätzte zwei Minuten, dann stand er auf. „Nichts zu sehen. Sie sind weg", flüsterte er erleichtert.

Die Gruppe erhob sich und setzte den Weg fort.

„Wenn wir den zweiten Behälter gesucht hätten, wären wir den Iwans in die Arme gelaufen", flüsterte Gerstmann in Schuberts Ohr. „Verlass dich auf die alten Haudegen, und du kommst sicher nach Hause."

„Aber der Chef hat gesagt, dass wir zwei …"

„Halts Maul!", knurrte Langer. „Hier, und auch wenn wir zurück sind! Und falls nicht, darfst du keinem von uns jemals mehr den Rücken zudrehen!"

„Ist ja schon gut! Ich habe verstanden!"

Förtsch brachte die Gruppe ohne Verluste zurück. Zum ersten Mal seit Tagen bekamen sie mehr als eine Scheibe Brot mit etwas Pferdefleisch zum Essen.

Bauer hatte geschlafen, als seine Leute zurück kamen. Er war aufgewacht, nachdem ihm Förtsch etwas Proviant brachte. „Wir legen uns aufs jetzt Ohr!"

„In Ordnung. Ich bleibe hier."

Der Scharführer genoss anfangs den kalten, klaren Morgen. Nachdem sich die Dämmerung allmählich zurückgezogen hatte und mit dem aufkommenden Tageslicht das Ausmaß der Zerstörung preisgab, schlug sein Glücksgefühl in eine Art Melancholie um. Unweit von ihnen krachte es laut. „Der Iwan nimmt sich wieder ein Haus", presste der Sachse leise aus. Neugierig stierte er eine Zeitlang mit dem Feldstecher auf das betreffende Gebäude. Zuerst war nichts zu sehen, dann rannten ein paar ungarische Soldaten auf die Straße und verschwanden sofort in einem benachbarten Keller. Bauer ließ das Fernglas von Fenster zu Fenster gleiten. Plötzlich zuckte er innerlich zusammen. Erschrocken und angewidert zugleich, wurde er Zeuge einer schrecklichen, aber im Budapester Kessel leider alltäglichen Szene. Rotarmisten stürmten in die betreffende Wohnung. Soweit der Kavallerist durch die Fenster erkennen konnte, versteckte sich das im Schlaf überraschte Ehepaar unter dem Bett.

„Warum sind sie in der Wohnung geblieben?", fragte sich Bauer im Stillen.

Allen Anschein nach durchsuchten zwei oder drei Russen die Schränke nach Wertsachen. Ein anderer Sowjet trat die Schlafzimmertür ein. Zu zweit betraten sie den Raum. Die Frau wurde unter dem Bett hervorgezogen. Der Mann kam wohl freiwillig aus dem Versteck gekrochen. Vielleicht wurde auch gedroht. Der Ungar kniete sich hin und bettelte um etwas. Der Kolben eines Gewehrs wurde gegen den Kopf des Mannes geschlagen, seiner Frau anschließend das Nachthemd vom Leib gerissen. Bauer legte den Feldstecher zur Seite, packte das Scharfschützengewehr und legte an. Er musste ständig an seine Mutter und seine beiden Schwestern denken.

„Ihr Tiere", presste er aus.

Lachend zog sich einer der Rotarmisten die Hose herunter. Der Scharführer drückte ab. Er traf den Sowjet mitten in die Brust. Sofort repetierte er und zielte erneut in das Zimmer. Der zweite Russe hatte sich aus dem Zimmer geflüchtet. Die Frau rollte sich aus dem Bett. Vor ihrem Mann stehend, raufte sie sich die Haare. War er tot? Sie weinte fürchterlich, ging zum Fenster, riss es auf und sprang in den Tod. Bauer war bereit für einen zweiten Schuss, musste niesen, und spürte einen scharfen, heißen Zug an seinem Ohr. Gänsehaut überzog den Scharführer. Sofort kroch er weiter zurück, weg von der Öffnung. Das schmerzende Knie wurde ignoriert. Der Pulsschlag stieg rasend schnell an. Herzklopfen. Irgendwo dort draußen lauerte ein russischer Scharfschütze, der genau wusste, wo sich Bauer eingenistet hatte. Nur das zufällige Niesen rettete wohl das Leben des Deutschen. Donnernde Abschüsse einiger Geschütze grollten durch die Straßen. Sprenggranaten detonierten. Der Russe griff weiter an und holte sich das nächste Haus. Bauer hörte schnelle Schritte. Genagelte Stiefelsohlen trommelten auf den Holzboden.

„Wir müssen raus hier", plärrte Förtsch. Der Rottenführer sah um Jahre gealtert aus. Schlafmangel. „Komm runter, ich helfe dir bei der Treppe!"

Bauer reagierte erst nicht. Immer noch geschockt vom Selbstmord der Frau, sowie seinem eigenen zufälligen Überleben, lag er regungslos inmitten zertrümmerter Dachpfannen auf dem schmutzigen Dachboden.

„Frank! Raus hier!", schob Förtsch lautstark nach.

„Ich ...", Bauer räusperte sich, „... ich bin gleich soweit. Pass auf! Draußen lauern russische Scharfschützen!"

„Hat´s dich erwischt?"

„Nein!"

Das Mosin-Nagant lag immer noch auf der Matratze. Bauer ließ es zurück. In seinem Kopf tauchten fortwährend die Bilder des gerade durchlaufenen tödlichen Schauspiels auf. „In was für einer Welt leben wir nur?", hauchte er aus. „Sie zahlen alles zurück, was wir ihnen angetan haben. Die Bevölkerung wird zum zweiten Mal gequält."

Der Scharführer hatte sich zwar selbst nichts vorzuwerfen, doch er wusste, was einige seiner Kameraden auf dem Kerbholz hatten. Der Krieg ließ viele Soldaten verrohen. Ein Seufzer entkam ihm.

Förtsch wusste nicht, wovon sein Kamerad sprach. „Was willst du?", fragte er.

„Nichts! Gar nichts", kam es leise zurück.

Draußen begann es zu schneien. Beißend kalter Wind trieb das herabfallende Weiß spielend umher. Langsam bedeckten die dicken Flocken den auf der Straße liegenden, zerschmetterten Körper der toten Ungarin. Die Gruppe zog sich durch die Ruinen zur nächsten Sammelstelle zurück.

In den folgenden Tagen überschlugen sich die dramatischen Ereignisse. Die Sowjets holten zum entscheidenden Schlag aus. Am 6. Februar 1945 kam es in der Umgebung des Südbahnhofs zu heftigsten Gefechten. Vorerst konnten die Stellungen dort gehalten werden.

Verbissen geführte Gegenangriffe der 8. SS-Kavallerie-Division führten zwar zu Anfangserfolgen, doch der Feind war zu stark. Das Militärkrankenhaus Nr. 11 fiel in russische Hände. Der Druck auf die Verteidiger wuchs verheerend an. Auch der Adlerberg war stark umkämpft und ging letztendlich verloren. Einen Tag später konnten russische Infanterie- und Panzereinheiten auch die Stellungen am Südbahnhof durchstoßen. Ebenso musste der Farkasréter Friedhof endgültig aufgegeben werden. Am 9. Februar 1945 wirbelte unbeschreibliches Trommelfeuer auf den Gellértberg nieder. Danach stürmten unablässig Rotarmisten gegen die deutsch-ungarischen Stellungen. Oftmals wurde im schrecklichen Nahkampf über Sieg oder Niederlage eines Stellungsloches, eines Hauses oder sogar eines Kampfabschnitts entschieden.

Längst kämpften die deutschen Truppen nicht mehr für Idealismus, für einen unrealistischen Endsieg oder für ihren Führer, auf dessen Person sie einst ihren Schwur leisteten und jetzt mehr hassten, als verehrten. Sie kämpften um nichts anderes, als das nackte Überleben. Ihr eigenes und das ihrer Kameraden. Sie wollten nicht in russische Kriegsgefangenschaft geraten. Angst vor Folter und Angst vor Sibirien waren der Motor für den Widerstand. Doch dieser brach merklich ein. Immer mehr ungarische Truppenteile ergaben sich, oder liefen sogar zu den Russen über. Mit dem Versprechen nicht in sibirische Kriegsgefangenschaft ziehen zu müssen, bildete man neue ungarische Bataillone und Kampfgruppen. Diese setzte die Rote Armee gegen die Verteidiger Budapests ein. Die Feuer in der umkämpften Zone erloschen nicht mehr.

Am 11. Februar 1945, aus militärischer Sicht viel zu spät, entschloss sich der Kommandeur der Festung Budapest, SS-Obergruppenführer und General der Waffen-SS Pfeffer-Wildenbruch, zum Ausbruch. Um 17.50 Uhr meldete er das Vorhaben der Heeresgruppe Süd. Ziel war es, die feindlichen Linien zu durchbrechen und in den Bereich Szomor-Máriahalom vorzustoßen, alternativ hierzu das Pilisgebirge zu erreichen. Nach Abgabe dieser Meldung wurden die Funkgeräte vernichtet. Somit nahm das Schicksal seinen Lauf. Der Tod sattelte sein Pferd und ritt aus. Er sollte in den nächsten Tagen eine reiche Ernte einholen.

Die Nachricht des Ausbruchs sprach sich wie ein Lauffeuer herum und erreichte auch Bauer, der wieder einigermaßen gehen konnte. Die Schwellung am Knie war so gut wie weg. Man hatte ihn und seine Gruppe, gemeinsam mit anderen Kavalleristen, einer Kampfgruppe zugeordnet. Ihr Schwadronsführer bekam das Kommando über den wilden Haufen. Der Hauptsturmführer trug den linken Arm in einer Schlinge. Sein Blick war entschlossen, als er den neuen Befehl bekannt gab. „Dementsprechend werden wir die HKL vom Széll-Kálmán-Platz und dem Heuplatz ausgehend durchbrechen und am Margaretengürtel entlang eine Schneise von einem Kilometer Breite in die Front schlagen. Wir übernehmen die rechte Flanke, die Kameraden der 13. Panzer-Division sind links eingesetzt. Die Männer der „Florian Geyer" werden in der ersten Welle vorstoßen. Unsere Kameraden von der „Feldherrnhalle", sowie die Männer der „Maria Theresia", rollen mit der zweiten Welle durch den Korridor. Ungarische Einheiten sind angegliedert. Mit der dritten Welle folgen schließlich die Verwundeten und Trosse!"

Hoffnung keimte auf. Hoffnung und Zuversicht aus dem Kessel, und damit dem täglichen Leiden, dem drohenden Tod und der Gefangenschaft, zu entfliehen.

Die Vorbereitungen liefen auf Hochtouren. Militärische Unterlagen verbrannte man, Funkgeräte und Ausrüstung aller Art, wie Geschütze, die man nicht mitnehmen konnte, wurden zerstört. Nichts sollte dem Feind in die Hände fallen. Die Waffenmeister gaben sämtliche Waffen- und Munitionsvorräte aus. Nicht benötigte Restbestände sprengte man.

Förtsch war noch einmal losgezogen. „Ich sehe zu, ob ich noch Munition für die russische Maschinenpistole bekomme", sagte er.

Als er eine Stunde später zurückkehrte, trug er einen Sack auf dem Rücken. „Weihnachten mitten im Februar", begrüßte er die anderen. Sie hatten sich in der intakten Erdgeschoßwohnung einer ansonsten wohnfeindlichen Ruine eingerichtet. Das Prunkstück der Wohnung war ein funktionierender Ofen. Angenehme Wärme schlug dem Rottenführer entgegen.

„Wie meinst du das?"

„Zwei komplett angesoffene Landser von der 13.ten sind mir über den Weg gelatscht. Sie faselten etwas von einem Schnapslager und zeigten mir das Haus, besser gesagt, den Keller wo das Zeug zu Hauf rumlag. Jemand hatte sich da ordentlich eingedeckt. Die Freßsalien waren schon alle weg, aber ich habe zwei Flaschen feinsten Aprikosenschnaps und ein paar Packungen Zigaretten ergattert."

„Prima!"

„Aber das Beste kommt zum Schluss! Waschsachen! Seife, Rasierklingen, Zahnbürsten und sogar echte Zahncreme! Seht mal her!"

„Hat sich dort einer der Feldärzte eingenistet?", fragte Bauer.

„Keine Ahnung!"

„So ein Zufall", lachte Kornel. „Bevor wir ausbrechen, können wir uns waschen und rasieren. Wenn wir wieder bei unseren eignen Linien ankommen, werden die Jungs dort denken, dass wir hier im Kessel wie im Paradies gelebt haben."

„Ja, genau! Wir werden aussehen, wie aus dem Ei gepellt", grinste Förtsch.

Der Schnaps wurde sofort verteilt. Jeder bekam den gleichen Anteil in die Feldflasche gefüllt. Anschließend stellten sie einen Topf mit Wasser auf den Ofen. Es war eine Wohltat sich nach etlichen Tagen wieder einmal richtig waschen zu können, bzw. die juckenden Bartstoppeln abzurasieren.

„Echte Rotbart-Klingen! Odol-Zahnpasta und Palmolive-Seife. Das ist ja so, als ob ich zu Hause einkaufen gegangen wäre", schwärmte Bauer.

„Ich habe hier aber noch den Trumpf der Trümpfe, Kameraden", grinste Förtsch breit. Er griff ein letztes Mal in den Sack und holte ein kleines Fläschchen heraus. „Togal-Tabletten. Unübertroffen bei

Rheuma, Gicht und Kopfschmerzen", sagte er reklamehaft, als ob er eine Anzeige aus einer Zeitung vorlas. „Hier, Frank. Was für den Kopf gut ist, kann für das Knie nicht schlecht sein."

„Das muss ein Arzt gebunkert haben", freute sich der Scharführer.

Schon eine Stunde später war es soweit. Jeder trug das bei sich, was er zum Überleben brauchte. Decke, Zeltbahn, ausreichend Munition und alles zum Essen, was man auftreiben konnte. Auf den Straßen herrschte heillos reger Betrieb. Große Straßen, sowie kleine Seitengassen waren voller Soldaten. Sie krochen aus Stellungen und Kellern, traten aus Häusern und Ruinen.

Die russische Artillerie belegte den Burgberg mit Granaten. Feuerblitze zuckten am dunklen Himmel. Dicke Rauchschwaden schossen nach oben. Deutsche Soldaten stürmten gegen die russische Linie. Das Rattern von Maschinengewehren war zu hören. Die Lautstärke nahm zu. Die Sowjets belegten die Landser zunehmend mit Granatwerferfeuer. Leuchtkugeln zitterten sich in den Nachthimmel. Gleißendes künstliches Licht erhellte für geraume Zeit die Szenerie. Männer versuchten sich in Hauseingängen vor dem Splitterregen der Granaten zu schützen. Rufe nach Kameraden wurden laut. Man forderte in höchster Verzweiflung Sanitäter an. Die Landser in den ersten Reihen wurden von der Masse gegen den Feind geschoben, die mittig postierten Männer saßen fest, die hinteren Soldaten drückten nach, da sie aus dem Kessel ausbrechen wollten.

Am offenen, sehr weitläufigen Heuplatz schlug die tödliche Falle der Sowjets zu. Ihre Panzer und Maschinengewehre fetzten und hämmerten unaufhörlich in die Leiber der ausbrechenden deutschen und ungarischen Soldaten. Männer wälzten sich am Boden. Leichen pflasterten den Weg. Panzer- und Geschützgranaten krepierten Schlag auf Schlag im Pulk der Ausbrechenden.

„Lauft!", brüllten Scharführer.

„Vorwärts!", trieben verzweifelte Offiziere ihre Einheiten an.

Bauer hatte den Kontakt zu Langer und Kornel verloren. Förtsch hingegen befand sich direkt vor ihm. Sie mussten auf die Körper der Gefallenen treten. Blut besudelte ihre Stiefel und Hosenbeine. Knochen brachen. Kalter Schauer überfiel sie. Der Teppich der Toten füllte den ganzen Platz. Panzerfäuste wurden abgefeuert. Es rumste mehrfach. Detonationen zerrissen Geschütze. Explodierende und lodernde T 34 gaben Hoffnung. Wenn sich jemand die Pforte zur Hölle jemals gedanklich ausmalte, so übertraf dieses Ereignis selbst die schrecklichsten Vorstellungen. Unter immens hohen Verlusten konnte der erste Ring der 180. russischen Infanterie-Division durchbrochen werden, doch bereits die zweite, nachrückende Ausbruchswelle, blieb schockiert vor den Leichenbergen am Engpass des Heuplatzes und dessen Zubringerstraßen und -gassen schockiert stehen. Keiner von ihnen, auch nicht die ältesten Rottenführer, hatten jemals so ein Gemetzel miterlebt.

Bundesarchiv, Signatur: Bild 101I-680-8282A-32A, Foto: keiner (unbek.)
Budapest - Panzer VI "Tiger II" (Königstiger) beim Durchbrechen einer Straßensperre zwischen zwei Gebäuden; PK Eins Kp Lw zbV

Unaufhörlich peitschten Schüsse aus den russisch besetzten Häusern. Schreie und lautes Stöhnen der Verwundeten und Sterbenden war die ganze Nacht zu hören. Ein T 34 rollte über den Platz, feuerte aus seinen Bordwaffen und zermalmte unter den schweren Ketten die Körper der Soldaten, die hilflos auf der Straße lagen. Tote und lebende. Gnade dem, der bereits tot war. Ein deutscher Panzer schob sich dem Feind entgegen, verlor aber das kurze Feuergefecht. Brennend mahnte er die nachrückenden Landser.

Als das Scheitern des Ausbruchversuches erkannt wurde, suchten Offiziere andere Wege. Sie gingen Bataillonsweise über die Blutwiese, oder wählten den Weg durch einen Kanal, dem sog. Teufelsgraben.

In den folgenden fünf Tagen der Ausbruchskämpfe fanden 17.000 deutsche und ungarische Soldaten den Tod. Nur etwa 2 % der ausbrechenden Verteidiger, etwa 700 Männern, gelang es sich bis zu den eigenen Linien durchzuschlagen.

Ein paar dutzend Soldaten versuchten auf andere Art und Weise zu entkommen. Sie versteckten sich in den Ruinen Budapests, wurden von befreundeten Ungarn unterstützt oder hielten sich wochen-, teils monatelang, in den Wäldern rund um die Metropole auf.

Der Kommandeur der Verteidiger Budapests, SS-Obergruppenführer Pfeffer-Wildenbruch, versteckte sich in einer Villa. Er geriet am 12. Februar 1945 in sowjetische Kriegsgefangenschaft, wurde später zu 25 Jahren Zwangsarbeit verurteilt, aber mit der Amnestie von 1955 nach Deutschland entlassen.

Bauer konnte nicht mehr. Das völlig überbeanspruchte Knie schmerzte wieder stärker. Auch drei Togal-Tabletten brachten keine Linderung. Förtsch war immer noch bei ihm. Die beiden Landser hatten die anderen der Gruppe im Wirrwarr der Ausbruchskämpfe völlig aus den Augen verloren. Im Morgengrauen erreichten sie einen der Außenbezirke.

„Wir müssen uns verstecken", keuchte Bauer.
„Wo willst du unterschlüpfen?"
„Ist egal, wo wir anklopfen. Begeistert wird keiner sein."

„Zur Not benutzte ich die hier", meinte der Rottenführer und klopfte auf seine Maschinenpistole.

„Wirst du nicht! Es ist vorbei!"

Förtsch sah sich um. „Lass uns noch ein Stück gehen. Dort hinten aus dem schäbigen Haus steigt kein Rauch aus dem Kamin. Vielleicht ist es verlassen."

Mit letzter Kraft schleppten sie sich zum Haus. Die Tür wurde gewaltsam aufgestoßen. Förtsch machte sich nicht die Mühe zu klopfen. Sie waren nicht allein. Im Flur trat ihnen ein Mann entgegen. Förtsch hob erst den Lauf der MP, senkte ihn jedoch sofort wieder. Bauer traute seinen Augen nicht. Vor ihnen stand Bence, ihr ungarischer Kamerad, der die deutsche Sprache studierte.

„Kommt rein! Schnell!"

Der ehemalige Student berichtete von seinem Schicksal. Nachdem seine Einheit aufgerieben wurde, setzte er sich ab. Er schlug sich bis zum Haus seines Großvaters durch. Seine Familie war längst weg. Bence machte Feuer und stellte einen Topf mit Wasser auf den Ofen.

„Sie sind schon vor dem Kessel aufs Land gefahren", erklärte er. „Alle bis auf Großvater. Er hat sich geweigert."

Erst gab es Tee, später eine dünne Suppe. Eine Wohltat für die ausgemergelten Körper. Die beiden Landser ruhten sich einen ganzen Tag und eine Nacht lang aus, wobei sie die meiste Zeit schliefen. Als Bauer sich wieder kräftig genug fühlte, fällte er eine Entscheidung. „Wir müssen weg!"

Wie durch ein Wunder betraten bis dahin keine russischen Soldaten das Gebäude. Vielleicht dachten sie, dass in dem schäbigen Haus nichts zu holen war, vielleicht hatten sie es auch nur übersehen.

Bence hatte seine Uniform längst verbrannt. Er bot auch Bauer und Förtsch an, sich für länger bei ihm zu verstecken und deren Uniformen zu verbrennen, doch beide lehnten ab. Der Scharführer blieb bei seiner Entscheidung. „Wenn die Russen uns bei euch finden, werden sie euch erschießen!"

„Das glaube ich nicht", antwortete Förtsch halb protestierend, verließ aber dennoch zwei Stunden später gemeinsam mit Bauer das Haus. Das Knie des Scharführers war zumindest soweit in Ordnung, dass er es wieder ausreichend belasten konnte. Nur ein leichtes Humpeln war noch zu erkennen. Der Abschied war kurz. Ein Händedruck, ein paar Wünsche. Mehr nicht. Die deutschen Soldaten warfen ihre Waffen in einiger Entfernung zum Haus in die Büsche, gingen ein paar Hundert Meter weiter und hielten weiße Tücher hoch. Nur zwanzig Minuten später trafen sie auf einen russischen Stoßtrupp.

Auf die Überlebenden des Kessels wartete die Kriegsgefangenschaft. Täglich wurden die Reihen der Gefangenen von Rotarmisten durchsiebt. Russischstämmige Hiwis oder russische Soldaten in deutschen Uniformen wurden unverzüglich aussortiert und als Verräter erschossen. Ebenso wurden die marschunfähigen Verwundeten, sowie alle Schwerverwundeten gnadenlos exekutiert, bzw. ohne Versorgung ihrem Schicksal überlassen.

Nach ersten Verhören begann der lange Marsch in die Gefangenschaft. Als die Landser die zerstörte Stadt hinter sich ließen, hörten sie immer noch vereinzelt Schüsse peitschen. Plündernde Rotarmisten zogen durch die Straßen. Nahezu dreiviertel der Frauen und Mädchen im Alter zwischen 10 und 70 Jahren wurden geschändet.

Verdächtige, vornehmlich diejenigen, die russisch sprachen, richtete man ohne Prozess hin. Man betrachtete sie als potenzielle Verräter.

Als die erste Plünderungswut abflachte, bzw. von den russischen Befehlshabern unterbunden wurde, begann die Säuberung in den Ruinen. Die Zivilbevölkerung Budapests musste tagelang die Leichen der Gefallenen sammeln und in Massengräbern vor der Stadt beisetzen.

Erste Hilfslieferungen von Lebensmitteln trafen ein. Feldküchen der Roten Armee wurden aufgestellt, warme Suppen verteilt. Ein dünner Hauch von Barmherzigkeit war zwar spürbar, doch auch dieser konnte das große Leid, das die Bewohner der Stadt ertragen mussten, nicht aufwiegen.

Die 8. SS-Kavallerie-Division „Florian Geyer", die im Juni 1944 noch eine Stärke von mehr 12.000 Mann aufwies und das Rückgrat der Budapester Verteidigung bildete, existierte nicht mehr. Sie wurde vernichtet. Die „Geyer" hatten im Kessel von Budapest ihren letzten Todeskampf gefochten und verloren.

Überlebende, die dem Kessel entronnen waren, sowie ein paar Divisionsteile, die sich stets außerhalb des Kessels befanden, wurden in die neu aufgestellte 37. SS-Freiwilligen-Kavallerie-Division „Lützow" integriert.

Rottenführer Förtsch erlag in sowjetischer Gefangenschaft der Ruhr. Scharführer Frank Bauer kehrte Anfang der fünfziger Jahre aus der Kriegsgefangenschaft zurück. Die Schreckensbilder aus dem Budapester Kessel konnte er nie vergessen. Sie gruben sich unauslöschlich in seinem Gedächtnis ein.

Ende

Glossar zum Roman:

MP 40 *auch „Schmeisser" genannt, da der Name des Waffen-Konstrukteurs auf den Magazinen angebracht war.*	Maschinenpistole 40, Nachfolger der MP 38, Standardmaschinenpistole der deutschen Wehrmacht und Waffen-SS, Stangenmagazin, 32 Schuss, 9 mm Parabellum
T 34	russischer Kampfpanzer, Bewaffnung 1 Kanone, Kaliber 76,2 mm, 2 Maschinengewehre Kaliber 7,62 mm, vier Mann Besatzung
MG 42 *Spitzname beim Feind: „Hitlersäge"*	universal Maschinengewehr Modell 42, (auch Einführungsjahr in der Wehrmacht/Waffen-SS), sehr effektive Waffe, Kaliber 7,92 x 57 mm
Degtjarow DP 1928	sowjetisches Maschinengewehr Kaliber 7,62 x 54 mm, auffällig durch Tellermagazin (Füllung: 47 Patronen)
PPSch 41	russische Maschinenpistole, (Einführungsjahr in der Roten Armee 12/1940) sehr zuverlässig, Kaliber 7,62 x 25 TT, Trommelmagazin (71 Patronen) und Kurvenmagazin (35 Patronen)
Ofenrohr	Raketenpanzerbüchse 54 (nähere Info siehe Waffenvorstellung)
Mosin Nagant	russisches Repetiergewehr, Kaliber 7,62 x 54 R, Magazinfüllung 5 Patronen mit Ladestreifen, das Gewehr gab es auch in einer Version für

	Scharfschützen, Standardgewehr der Roten Armee
K 98	Mauser Modell 98, deutsches Repetiergewehr, Kaliber 7,92 x 57 mm, 8 x 57 IS, Magazinfüllung 5 Patronen mit Ladestreifen, das Gewehr gab es auch in einer Version für Scharfschützen, Standardwaffe der Wehrmacht und Waffen-SS
Hetzer	deutscher Jagdpanzer (38 t), Bewaffnung 7,5 cm Kanone, 1 Maschinengewehr, niedrige Silhouette, vier Mann Besatzung

Aus dem allgemeinen Landser-Jargon:

Alter	Spitzname für: Vorgesetzter (meist Kompanie-, Bataillons-, oder Divisionsführer)
Beutegermane	saloppe Bezeichnung der Volksdeutschen = (Menschen deutscher Herkunft mit nicht-deutscher Staatsangehörigkeit)
Donnerbalken	Latrine / Feldtoilette
Gefrierfleischorden	Ost-Medaille
Gulaschkanone	Feldküche
„Halsschmerzen"	jemand möchte eine Auszeichnung erhalten (Ritterkreuz, Eisernes Kreuz u.a.)
Hindenburglicht (benannt nach Paul von Hindenburg)	Mit Fett oder Talg gefüllte kleine Schale, in die ein Docht gesteckt wurde. Es diente als Notbeleuchtung. Moderner Nachfolger ist das Teelicht.
Hitlersäge	MG 42 = leistungsstarkes deutsches Maschinengewehr
Hundemarke	Erkennungsmarke (üblicherweise um den Hals getragen)
Rollbahn	wichtige Straße/Nachschubweg z.B. zur Truppenversorgung, aber auch zum schnellen Vormarsch
Iwan	Rotarmist (russischer Soldat)
Kettenhund	Feldgendarm, erkennbar an seinem umgehängten Blechschild
Knobelbecher	genagelter Soldatenschaftstiefel
Koffer	schwere Granate
Kübel o. Kübelwagen	leichter geländegängiger Militär-Pkw (Volkswagen)
Küchenbulle	Koch
Landser	ugs. Bezeichnung des deutschen Soldaten (urspr. Landsknecht = zu

	Fuß kämpfender Söldner 15./16. Jh.)
Lametta	Orden/ferner auch Rangabzeichen
Latrinenparole	Gerücht
Napola	Nationalpolitische Lehranstalt = Internatsoberschule die zur Hochschulreife führte / Eliteschule zur Heranbildung von nationalsozialistischen Nachwuchsführungskräften
Spieß	Kompaniefeldwebel
Stalinorgel	sowjetischer Raketenwerfer (Eigenname in der Roten Armee: „Katjuscha")
Strippenzieher	Nachrichtensoldat
Tommy	britischer Soldat
Zwölfender	Berufssoldat (Dienstzeit betrug mind. 12 Jahre)

Waffenvorstellung in Stichpunkten

Raketenpanzerbüchse 54

ugs. im Landser-Jargon aufgrund ihrer Form zumeist als „Ofenrohr", aber auch als „Panzerschreck" bezeichnet

Bundesarchiv, Signatur: Bild 101I-734-0013-11, Foto: Vorpahl

Russland-Nord – deutsche Soldaten mit Raketenpanzerbüchse August/September 1944

Man beachte die Panzervernichtungsabzeichen an den rechten Oberarmen der Panzerjäger.

Technische Daten und allgemeine Information:

Kaliber	88 mm (war aber auch mit einer 100 mm Version im Einsatz)
Mündungsgeschwindigkeit	130 m/s
Länge	164 cm
Gewicht ohne Schutzschild	9,5 kg
Gewicht mit Schutzschild	11 kg
Gewicht der Granate (Hohlladungssprengkopf/Aufschlagzünder, stabilisiert durch Ringleitwerk)	2,4 kg bis 3,3 kg
Reichweite	bis zu 500 m effektiv: 100 bis 200 m
Durchschlagsleistung	150 - 220 mm / 90 Grad
Hersteller	u.a. Enzinger Union, Jäckel, Kronprinz, Gebr. Scheffler, HASAG
Einführungsjahr	Frühjahr 1944
Bedienung	2 Mann: Richtschütze und Ladeschütze
vorwiegender Einsatzbereich	<ul><li>Zerstörung von Panzern/Panzerfahrzeugen</li><li>Häuserkampf (Durchschlagen von Mauern)</li></ul>
Technik	nachladbare Raketenwaffe
Vorteile der Waffe	<ul><li>hohe Schlussfolge</li><li>relativ große Reichweite</li><li>hohe Durchschlagskraft</li><li>treffsicher</li></ul>
Nachteile der Waffe	<ul><li>nach dem Abschuss wird</li></ul>

	eine gut sichtbare Rauchwolke ausgestoßen, welche die Stellung der Schützen verrät
	• der Einsatz ist nur im Freien möglich, da die ausgestoßene Rauchwolke aus heißen, toxischen Gasen besteht

Bildtafel

Bundesarchiv, Signatur: Bild 183-J12804, Foto: Fritsch, F.

Ritterkreuzträger SS-Standartenführer Gustav Lombard erhielt das Ritterkreuz als Rgts.-Kdr. in der Kav.-Divis. der Waffen-SS am 15.3.43. Scherl P.K. Fritsch

Bundesarchiv, Signatur: Bild 146-1992-014-35A, Foto: ohne Angaben

*Hermann Fegelein in Uniform eines Standartenführers der Waffen-SS mit Ritterkreuz.
ca. 1942*

Bundesarchiv, Signatur: Bild 101I-680-8282A-32A, Foto: keiner (unbek.)

Budapest - Panzer VI "Tiger II" (Königstiger) beim Durchbrechen einer Straßensperre zwischen zwei Gebäuden; PK Eins Kp Lw zbV

Bundesarchiv, Signatur: Bild 101I-734-0013-11, Foto: Vorpahl

*Russland-Nord – deutsche Soldaten mit Raketenpanzerbüchse
August/September 1944*

Bundesarchiv, Signatur: Bild 146-2001-019-36, Foto: Adendorf, Peter

Sowjetunion, Mitte - Waffen-SS-Kavallerie-Brigade, Angehörige der Waffen-SS zu Pferd, 1941

Bundesarchiv, Signatur: Bild 146-1977-143-21, Foto: ohne Angaben
Häuserkampf - Soldaten mit Flammenwerfer und Maschinenpistole, 1939 – 1945

Bundesarchiv, Signatur: Bild 146-1982-090-11, Foto: Faupel, Agentur: Presse-Illustration Heinrich Hofmann
Dezember/Januar 1944/1945 - Budapest, Getarnt zwischen Gerümpel eines Gehöfts steht deutsche Pak zur Abwehr sowjetischer Angriffe am Rande der ungarischen Hauptstadt bereit.

Bundesarchiv, Signatur: Bild 101I-680-8285A-25, Foto: Faupel

Budapest - ungarische und deutsche Soldaten treiben verhaftete Juden ins Stadttheater, 20./22. Oktober 1944; Einsatz Kompanie Lw zbV

Quellen- und Literaturverzeichnis, Buchtipps:

Die Schlacht um Budapest 1944/45
Krisztián Ungváry, Herbig Verlag München, 1999, ISBN 3-7766-2120-6

Kriegstagebuch des Oberkommandos der Wehrmacht (Wehrmachtsführungsstab) 1940-1945 (1961 – 1965)
Sonderausgabe, Berdard & Graefe Verlag, Bonn,
Hrsg. Prof. Dr. Percy Ernst Schramm, erläutert von Prof. Dr. Andreas Hillgruber, Prof. Dr. Walther Hubatsch, Prof. Dr. Hans-Adolf Jacobsen und Prof. Dr. Percy Ernst Schramm, ISBN 3-7637-5933-6

Chronik des Zweiten Weltkriegs – Kalendarium militärischer und politischer Ereignisse 1939 - 1945
Andreas Hillgruber/Gerhard Hümmelchen, Sonderausgabe für den Gondrom Verlag, Bindlach 1989, ISBN 3-8112-0642-7

Das Bundesarchiv, Potsdamer Straße 1, 56075 Koblenz, insbesondere: Bilddatenbank des Bundesarchivs.

Infanteriewaffen Gestern (1918-1945) Band 1
Reiner Lidschun, Günter Wollert, Brandenburgisches Verlagshaus,
3. Auflage 1998, ISBN 3-89488-036-8

Infanteriewaffen Gestern (1918-1945) Band 2
Reiner Lidschun, Günter Wollert, Brandenburgisches Verlagshaus,
3. Auflage, 1998, ISBN 3-89488-036-8

Die Kavallerie-Divisionen der Waffen SS
Rolf Michaelis, Michaelis-Verlag Berlin, 2007, ISBN 978-3-940504-04-3

Die Waffen-SS 1933 – 1945 Ein Handbuch
Gordon Williamson, dt. Erstausgabe Tosa Verlag Wien, 2005,
ISBN 3-85492-706-1

Uniformen und Abzeichen der Waffen-SS
Wade Krawczyk & Peter v. Lukacs, gen. Lizenzausgabe Winkelried-Verlag,
2008, ISBN 978-3-938392-46-1

sowie

überlieferte Erinnerungen und Aufzeichnungen von Veteranen und Zeitzeugen (schriftlich o. im persönlichen Gespräch mit dem Autor) und eigene Kenntnisse des Autors